Antonio Fian

Bohrende Fragen

Dramolette IV

Literaturverlag Droschl

Im Stiegenhaus

(Altbauhaus in Wien-Leopoldstadt, innen, Nacht. Das Stiegenhaus matt erleuchtet.
Sehr lange Pause.)

MÄNNERSTIMME *(von unten, betrunken, polternd):* Moch a Liacht, Kanallje!

KNABENSTIMME *(von oben):* Is eh scho Liacht, Papa!

(Pause.

Das Licht geht aus, doch sofort wieder an.

Sehr lange Pause.

Vorhang)

Zeugen

Kriminalstück in einem Akt

Personen:
Ascher, Schriftsteller, Mitte fünfzig
Ruth, seine Frau, ca. dreißig
Kommissarin, ca. fünfzig
Assistent, Mitte zwanzig
Männlicher Leichnam

(Bergwiese. Im Hintergrund halblinks eine Felswand, rechts außen, gerade noch sichtbar, das Gebäude einer Jausenstation, insgesamt ein Bühnenbild wie entstanden aus dem Wunsch, auf der Bühne Fernsehwirklichkeit zu erzeugen.
Ein Gewehrschuss. Der Körper eines Mannes fällt aus dem Schnürboden, wie von einem Felsen abgestürzt, und bleibt reglos liegen.

Black.

Licht.

Dasselbe Bühnenbild. Der Männerkörper, wo er liegen geblieben ist. Daneben die Kommissarin und ihr Assistent, Spuren sichernd. Von links das Blaulicht eines Einsatzfahrzeugs. Im Bühnenvordergrund rechts, auf einem Felsblock sitzend, Ascher und Ruth, voneinander abgewandt. Ascher verzehrt einen Apfel. Während die Beamten um eine möglichst (fernsehserien)realistische Darstellung bemüht sind, bewegen sich Ascher und Ruth kaum, sprechen ihre Texte starr und in gebotener Künstlichkeit vor sich hin.

Die Kommissarin ist zu den beiden herübergekommen.)

RUTH: Was ist mit dem Mann?

KOMMISSARIN: Er ist tot.

RUTH: Ein Unfall?

KOMMISSARIN: Das steht noch nicht fest. Deshalb möchte ich Sie fragen, ob Sie etwas gesehen haben.

RUTH: Wir haben nichts gesehen. Als wir hier ankamen –

ASCHER: Alles. Ich habe alles gesehen.

RUTH: Wir haben nichts gesehen.

KOMMISSARIN: Aber Ihr Mann scheint – … Er ist doch Ihr Mann?

RUTH: Wir sind verheiratet, ja.

KOMMISSARIN: Ihr Mann scheint etwas gesehen zu haben.

ASCHER: Alles gesehen.

RUTH: Nichts.

KOMMISSARIN (*zu Ascher*): Wie heißen Sie?

ASCHER: Mein Name ist Ascher. Jakob Ascher. Ich bin Schriftsteller.

KOMMISSARIN: Schriftsteller, soso. Erzählen Sie.

RUTH (*plötzlich laut, höhnisch*): Erzählen, ha! Ascher, der Erzähler!

ASCHER: Was wollen Sie wissen?

KOMMISSARIN: Was Sie gesehen haben.

ASCHER: Alles. Ich habe alles gesehen.

KOMMISSARIN: Gut. Jedes Detail kann wichtig sein.

ASCHER: Es war noch früh am Morgen, das Haus in Wuggau lag im Dämmerlicht, als wir aufbrachen. In der Nacht hatte es geregnet, und unter der Dachrinne hatten sich Pfützen gebildet, deren Oberflächen eine sanfte Brise kräuselte. Als wir aus dem Haus traten, bemerkte ich mit Entsetzen, dass vor dem Gartentor ein toter Maulwurf lag, ein toter Maulwurf mit rosa Pfoten. Ruth ging zwei Schritte hinter mir, und als ich mich umwandte, sah ich, dass sie das graue T-Shirt mit der Aufschrift »Lesen ist Abenteuer im Kopf« trug, das ihr ein Freund, ein Bibliothekar aus Wien, vor Jahren geschenkt hatte. Als wir an der Autobushaltestelle eintrafen, fiel mir auf, dass sich unter ihren Achseln dunkle Schweißflecke gebildet hatten. Ich nahm an, dass sie am Vorabend getrunken hatte, wie sie das in letzter Zeit häufig getan hatte.

RUTH: Nichts hatte ich getrunken. Es gab keine Schweißflecke. Du hast nichts gesehen.

ASCHER: Der Autobuschauffeur, der uns nach Saggau bringen sollte, den Ausgangspunkt unserer Wanderung, hatte rasiertes Kopfhaar und trug schwarze Stiefel, Nazistiefel, wie ich sofort denken musste, wie sie hier in der Südsteiermark von vielen, zu vielen getragen werden. Ruth saß am Fenster, und ich zeigte ihr einen jungen Bussard, der über einem Maisfeld kreiste, aber sie schien nicht interessiert, sondern betrachtete ihre Fingernägel, an deren Rändern der rote Nagellack abgesplittert war. Ich fragte mich, was es sein mochte, das sie so nervös machte, dass sie wieder begonnen hatte, an den Fingernägeln zu kauen.

RUTH *(streckt die rechte Hand vor, Handrücken nach oben):* Gelogen! Makelloser Nagellack! Und da war kein Bussard. Du hast nichts gesehen.

ASCHER: Schon in jungen Jahren war ich oft gemeinsam mit meinem Großvater mit dem Autobus nach Saggau gefahren und von dort aus in die Hügel gewandert.

(Während des Folgenden schließt sich der Assistent der Gruppe an. Er zeigt der Kommissarin verschiedene Objekte, die er bei dem Toten gefunden hat, Ausweispapiere, Brieftasche etc. Ascher erzählt ungebrochen weiter, Ruth begleitet seine Erzählung mit gelegentlichem Kopfschütteln und höhnischem Lachen.)

ASCHER: Mein Großvater zeigte mir verschiedene Tiere und Pflanzen, und ich lernte, den spitzen vom breiten Wegerich zu unterscheiden, den giftigen Schierling von der nützlichen Schafgarbe, aus der meine Großmutter einen wohlschmeckenden Tee zu bereiten verstand. Einmal, ich mag fünf oder sechs Jahre alt gewesen, beobachtete ich, wie ein Zitronenfalter auf einer Glockenblume landete. Ich ging ganz nahe an die Pflanze heran und befürchtete schon, der Falter würde wegfliegen, aber er ließ sich durch meine Anwesenheit nicht stören, und ich konnte genau sehen, wie er seinen Rüssel in den Blütenkelch schob, um den Nektar zu saugen.

RUTH: Saugen, ja! Aus den Fingern!

ASCHER: Von der Bushaltestelle aus machten wir uns auf den Weg zur Jausenstation, wo wir auf unserer Wanderung nach Gamlitz eine Rast einlegen und ein Bier trinken wollten. Links am Weg sah ich einen Leiterwagen, mit Kürbissen beladen, der von einem Bauern und seinem vielleicht zehnjährigen Sohn gezogen wurde. Ich hatte einen Traktor erwartet, zumindest einen Ochsen oder ein anderes Zugtier. Sofort musste ich an den in Großbritannien grassierenden Rinderwahnsinn denken, der wohl auch vor der Steiermark nicht Halt gemacht hatte. Ein Stück oberhalb des Ackers, auf dem wir die beiden Bauersleute beobachtet hatten –

RUTH: Es gab keine Bauersleute. Nichts hast du gesehen.

ASCHER *(wendet sich halb Ruth zu, doch weiter vor sich hin):* – bemerkte ich ein Rebhuhn, das eben von einem Männchen begattet wurde. Sein Federkleid war zerzaust, als hätte es sich gegen die Paarung gewehrt, sich nun aber in das Unvermeidliche, von der Natur ihm Diktierte gefügt. *(Zur Kommissarin und zum Assistenten, ohne sie anzusehen:)* Hören Sie mir überhaupt zu?

(Während Aschers Monolog:)

KOMMISSARIN: Was gefunden?

ASSISTENT: Er hatte Papiere bei sich. *(Liest aus einem Ausweis.)* Edwin Jadeshofer. Jahrgang Sechsundfünfzig. Aufsichtsjäger. Er dürfte schon tot gewesen sein, bevor er unten angekommen ist. Schussverletzung am Kopf. Der Schuss scheint aus nächster Nähe abgefeuert worden zu sein, vermutlich aus seiner eigenen Waffe. Selbstmord, Unfall, Mord, alles ist möglich.

(Nach dem Ende von Aschers Monolog:)

KOMMISSARIN *(zu Ascher und Ruth):* Edwin Jadeshofer. Sagt Ihnen dieser Name etwas?

RUTH: Nie gehört.

ASCHER *(zu sich):* Jadeshofer … Edwin Jadeshofer … guter Name. Vielleicht nicht ich. Vielleicht Jadeshofer. Als er das Haus verließ, bemerkte Edwin Jadeshofer zu seinem Entsetzen, dass vor dem Gartentor ein toter Maulwurf lag, ein toter Maulwurf mit rosa Pfoten.

RUTH: Jakob! Ob du einen Edwin Jadeshofer gekannt hast! Das ist der Name des Toten!

ASCHER: Nein. Nicht gekannt. Und selbst wenn. Nicht gekannt. Niemand gekannt. Auch die man zu kennen glaubte, nicht gekannt.

ASSISTENT: Haben Sie einen Schuss gehört?

ASCHER: Ja. Ich habe einen Schuss gehört.

ASSISTENT: Wo genau war das?

ASCHER: Wir gingen einen leicht ansteigenden Weg entlang, gesäumt von Weingärten und vereinzelten Kastanienbäumen.

ASSISTENT: Weingärten?

ASCHER: Weingärten, ja. In einem der Weingärten bemerkte ich einen Feldhasen. Er saß auf den Hinterbeinen, die Ohren gespitzt, das Näschen in die Luft gestreckt, als ob er Gefahr witterte. Plötzlich war ein Schuss zu hören, und –

ASSISTENT: Wann war das?

ASCHER: Es mag vor zwei Jahren gewesen sein, Ruth und ich kannten einander erste wenige Wochen. Wir hatten einander auf Hiddensee kennengelernt, unweit des Wohnhauses des Dichters Hauptmann. Es war ein stürmischer Tag, das hohe Gras wogte im Ostseewind, und Ruth stand am Straßenrand und winkte, weil ihr Fahrrad eine Reifenpanne hatte.

RUTH: Es war nicht mein Fahrrad. Ich hatte es gemietet.

ASSISTENT: Okay, das war vor zwei Jahren. Uns interessiert aber –

ASCHER: Der Hase wurde nicht getroffen. Mit einem riesigen Satz sprang er davon.

KOMMISSARIN: Aber dieser Mann hier, Edwin Jadeshofer, wurde

getroffen, und zwar tödlich. Deshalb wollen wir, dass Sie uns jetzt genau erzählen, was Sie gesehen haben, und zwar seit Sie in der Jausenstation eingekehrt sind, und nicht vor zwei oder drei Jahren.

RUTH: Nichts. Es gibt nichts zu erzählen.

ASCHER: Es gibt immer etwas zu erzählen. Als wir die Jausenstation betraten, sah ich –

RUTH: Du hast nichts gesehen. Und du kannst nicht erzählen. *(Zur Kommissarin:)* Mein Mann ist ein erstklassiger Dramatiker, aber er kann nicht erzählen.

ASCHER *(unbeirrt):* In der Jausenstation roch es nach Sauerkraut, das war das erste, was mir auffiel. Der Wirt stand hinter der Theke und trocknete Biergläser. War er mit dem Abtrocknen fertig, hielt er das jeweilige Glas gegen das Licht, das durch ein südseitiges Fenster einfiel, um zu sehen, ob es sauber war. Ein Mann mittleren Alters stand am linken Ende der Theke, schüttete Rum aus einem Schnapsglas in seine Teetasse, nahm den Zuckerstreuer, fügte Zucker hinzu und rührte dann seinen Tee um. Er trug schwere schwarze Stiefel, die mich sofort an die Stiefel des Buschauffeurs und an das Naziproblem in der südlichen Steiermark denken ließen. Neben ihm, an das Holz der Theke gelehnt, stand ein Gewehr, Mündung nach oben.

ASSISTENT *(zur Kommissarin, flüsternd):* Jadeshofer?

KOMMISSARIN: Möglich.

RUTH: Ich habe niemanden gesehen.

ASCHER: Auf einer Kommode mit Bauernmalerei war ein Fernsehapparat eingeschaltet, zu dem der Mann, während er seinen

Tee umrührte, hin und wieder hinüberschaute. Ruth und ich bestellten zwei Krügel Bier, die der Wirt so rasch zapfte und vor uns hinstellte, dass ich den Eindruck hatte, er habe von Anfang an gewusst, was wir bestellen würden. Dann hörte ich einen Schuss, und als ich mich umwandte, sah ich den Körper eines Mannes, der über einen Felsen herunterstürzte und auf der Wiese liegen blieb.

RUTH: Unsinn.

ASSISTENT: Still. Lassen Sie ihn erzählen.

ASCHER: Wenig später erschien ein Polizeifahrzeug und blieb am Rand der Wiese stehen. Das blaue Licht der eingeschalteten Blaulichter tauchte die Szene in ein gespenstisches blaues Licht.

RUTH *(höhnisch lachend):* Ascher, der Erzähler!

ASCHER: Ein beleibter Mann und eine Frau stiegen aus *(der Assistent, merkbar irritiert, blickt prüfend an sich hinab),* offenbar ein Polizeikommissar mit seiner Assistentin. Sie schienen schon lang zusammen zu arbeiten, denn die Frau nannte den Mann Benno. Die beiden beugten sich über –

ASSISTENT: Benno?

ASCHER: Benno, ja. Sie nannte ihn Benno.

RUTH: »Der Bulle von Tölz«. Er hat den »Bullen von Tölz« gesehen.

ASCHER: Ja. Schon nach wenigen Augenblicken war mir klar, dass es sich um jene Folge der Fernsehserie »Der Bulle von Tölz« handeln musste, die Ruth sich am Dienstag Abend angesehen hatte und die nun, am Donnerstag Vormittag wiederholt wurde.

ASSISTENT *(ungehalten):* Herrgott, ich will nicht wissen, was Sie im Fernsehen gesehen haben! Wir haben einen Toten da draußen, und Sie sind unsere wichtigsten Zeugen!

RUTH: Wir haben nichts gesehen.

ASCHER: Ich habe alles gesehen. Als ich mich vom Fernseher abwandte, bemerkte ich, dass Ruth eben dabei war, das Lokal zu verlassen.

ASSISTENT: Stimmt das?

RUTH: Ja. Ich musste auf die Toilette.

ASCHER: Mir fiel auf, dass sie ihre Hände in die Gesäßtaschen ihrer Jeans gesteckt hatte, was sie gewöhnlich nie tat, wenn sie auf die Toilette ging. Sofort sah ich zu dem Mann mit dem Gewehr hinüber und bemerkte, dass er sich, während er Ruth nachblickte, mit spitzer Zunge über die Lippen leckte. Er schulterte sein Gewehr und folgte Ruth nach draußen.

RUTH: Ich habe ihn nicht gesehen.

ASCHER *(bitter in sich hineinlachend):* Aber ich habe ihn gesehen. Ich habe gesehen, wie Ruth an der Toilette vorbeiging und in einen Werkzeugschuppen schlüpfte, an dessen Außenwand verschiedene Werkzeuge lehnten, eine dreizinkige Heugabel, eine Sense und ein altmodischer Holzrechen.

RUTH: Ich war auf der Toilette.

ASCHER: Der Mann stellte sein Gewehr neben die Arbeitsgeräte und verschwand ebenfalls in dem Schuppen.

RUTH: Ich war auf der Toilette, allein.

ASCHER: Ich ging den beiden nach und fand eine Ritze in der Bretterwand des Schuppens, durch die man nach drinnen schauen konnte. Ich sah, wie der Mann sofort auf Ruth zutrat, seine Arme um sie schlang und sie auf den Mund küsste. *(Ruth schweigt kopfschüttelnd.)* Dann schob er ihr graues T-Shirt mit der Aufschrift »Lesen ist Abenteuer im Kopf« nach oben, so dass die Schrift nicht mehr zu entziffern war, dafür jedoch ihre Brüste sichtbar wurden, die der Mann sofort sabbernd zu belecken begann. Speichel tropfte von seiner Unterlippe auf Ruths Nabel. Ruths Hände machten sich an der Hose des Mannes zu schaffen, genau sah ich den abgeblätterten Nagellack auf ihren Fingernägeln *(Ruth hält die Hände mit den ausgestreckten Fingern hoch),* sie öffnete den Reißverschluss und holte das Glied des Mannes hervor, das, wie ich feststellte, von einer, im Vergleich mit dem restlichen Körper, überraschenden Kleinheit und Schlaffheit war. Auch Ruth schien ein wenig überrascht, als sie es sah, denn –

RUTH *(wütend):* Nichts! Nichts habe ich gesehen! Genauso wenig wie du! *(Zu Kommissarin und Assistent:)* Er hat nichts gesehen! Er erzählt! Irgendetwas! Immer erzählt er irgendetwas! *(Auch während des Folgenden immer wieder Proteste:* Nichts gesehen! Lüge! Erfindung! Prosa, und was für schlechte Prosa!*)*

ASCHER *(ein wenig lauter, um sie zu übertönen):* – denn ein Lächeln huschte über ihr Gesicht, ehe sie am Körper des Mannes hinunter glitt in eine hockende Stellung und sein Glied in den Mund nahm. Ich konnte sehen, wie sich ihr Kopf rhythmisch auf und ab bewegte, während der Mann, der sich inzwischen auf einer Art Werkbank, auf der ebenfalls verschiedene Werkzeuge lagen, Hämmer, Zangen, Schraubenzieher, mit beiden Armen abstützte, die Augen schloss und seinen Kopf in den Nacken legte. Kurze Zeit später –

ASSISTENT: Hören Sie, das interessiert uns doch überhaupt nicht, wir wollen wissen, ob –

KOMMISSARIN: Still! Ich will wissen, wie es weitergeht!

ASCHER: – packte der Mann Ruth unter den Achseln, er öffnete mit hektischen Bewegungen ihre Jeans, streifte sie ab und hob Ruth, die keinen Einspruch dagegen erhob, auf die Werkbank, wobei mehrere Werkzeuge zu Boden fielen. Er breitete ihre Beine auseinander, und ich konnte ihr Geschlecht sehen, das im Licht eines Sonnenstrahls, der durch eine der Ritzen in der Schuppenwand fiel, rosa, fast purpurn glänzte.

RUTH: Lächerlich! Lächerliche, miserable Prosa!

ASSISTENT: Hören Sie, das Geschlecht Ihrer Frau geht niemanden etwas an! Was uns interessiert, ist, ob ein Schuss –

KOMMISSARIN: Still!

ASCHER: Sofort musste ich an die Pfoten des toten Maulwurfs vor unserem Gartentor denken, als ich Ruths Geschlecht sah, in das der Mann nun sein Glied zu stecken versuchte. Schweißperlen hatten sich auf seiner Stirn gebildet, er hatte die Lippen zusammengepresst, die Augen aufgerissen. Ich sah, wie er durch rasche Bewegungen der rechten Hand versuchte, Blut in sein Glied zu pumpen, während er mit der linken Ruths rechte Brust knetete, aber er hatte keinen Erfolg. Dann sah ich, wie Ruth ihn plötzlich von sich stieß, wild lachend, dass er nach hinten taumelte, von der Werkbank rutschte, ihre Jeans hoch- und das T-Shirt hinunterzog, so dass der Schriftzug »Lesen ist Abenteuer im Kopf« wieder klar zu erkennen war. Eine tiefe Verachtung war nun in Ruths Gesicht, und ich erschrak heftig, denn es klang wie ein Schuss, als sie ihm plötzlich eine Ohrfeige versetzte.

KOMMISSARIN: Stimmt das?

RUTH: Ich sage Ihnen doch, ich war auf der Toilette.

ASCHER: Ich ging zurück in die Jausenstation, um mein Bier auszutrinken. Im Fernsehen sah ich, wie der beleibte Polizeibeamte und seine Assistentin in ihrem Büro saßen und Kaffee tranken, obwohl es kaum zehn Minuten her war, dass sie auf einer Bergwiese den Leichnam eines Mannes gefunden hatten. Ruth erschien wenig später wieder neben mir, mit teilnahmslosem Gesicht, als komme sie von einem Spaziergang oder wäre auf der Toilette gewesen.

ASSISTENT: Und Jadeshofer?

ASCHER *(gedankenverloren, zu sich, wie den Namen prüfend):* Jadeshofer … Nein. Nicht Jadeshofer. Ich. Ich besser. Ruth und ich. Ruth und ich tranken aus, ich bezahlte und gab dem Wirt eine Fünfzig-Cent-Münze als Trinkgeld, eine belgische Fünfzig-Cent-Münze, wie ich in dem Augenblick bemerkte, als ich sie auf die Theke legte. Sofort musste ich an das Europaparlament in Brüssel denken, wie katastrophal sich die Agrarpolitik der Europäischen Union auf die Südsteiermark auswirkte und wie wenig verwunderlich es daher war, dass so viele Menschen in dieser Region Nazistiefel trugen.

ASSISTENT: Der Schuss! Was war mit dem Schuss?

ASCHER: Nachdem der Feldhase Haken schlagend geflohen war, hörte ich einen zweiten Schuss und sah, wie aus einem Eichenwäldchen ein Schwarm Krähen –

KOMMISSARIN: Vielen Dank, Herr Ascher. Das genügt uns.

ASSISTENT *(bestürzt):* Das genügt? Dieser Mann lügt doch!

RUTH: Natürlich lügt er. Er hat immer gelogen. Er hat nichts gesehen.

ASCHER: Alles. Alles gesehen.

KOMMISSARIN *(zum Assistenten):* Lass uns fahren. Wir müssen einen Bericht schreiben, und ich brauche jetzt einen Kaffee.

ASSISTENT *(völlig verwirrt):* Und Jadeshofer?

KOMMISSARIN: Ach ja. Bestell einen Leichenwagen.

ASSISTENT: Nein, ich meine, wie ist er zu Tode gekommen? Sollten wir uns nicht die Frau vornehmen? Die weiß doch mehr, als sie zugibt!

KOMMISSARIN: Es war ein Unfall.

ASSISTENT: Aber –

KOMMISSARIN: Wenn ich sage, es war ein Unfall, war es ein Unfall! Basta!

(Kurze Pause. Erstmals blickt Ruth die Kommissarin direkt an. Ist es Dankbarkeit, was in diesem Augenblick in ihren Augen zu lesen ist? Möglich, aber es ist nicht zu entscheiden.)

RUTH: Werden wir noch gebraucht? Wir wollen noch vor Einbruch der Dunkelheit in Gamlitz sein.

KOMMISSARIN: Nein. Sie können gehen.

(Kurze Pause)

RUTH *(zu Ascher):* Gehen wir.

ASCHER: Gehen wir.

(Niemand geht von der Stelle.
Langsam Dunkel.
Vorhang.)

Daham dahoam

(Herbstnachmittag. Ein Wirtshaus im tiefen Österreich. Aus einem Transistorradio leise volkstümliche Musik. Der Wirt hinter der Theke, in eine Tageszeitung vertieft. An zwei von einander weit entfernten Tischen zwei ältere Männer, Weißweingläser vor sich. Sie sind die einzigen Gäste.)

DER ERSTE *(laut, zum zweiten):* Vo wo bistn du?

DER ZWEITE: Eh vo do.

DER ERSTE: Ah, eh vo do. *(Kurze Pause.)* Weil i di net kenn …

DER ZWEITE: I woa länger net do.

DER ERSTE: Wo noa?

DER ZWEITE: Daham.

DER ERSTE: Bist also do net von do?

DER ZWEITE: Do.

DER ERSTE: Wonnst net do woast!

DER ZWEITE *(klopft auf den Tisch) Do* woa i net. Weil i daham woa.

DER ERSTE: Daham… *(Er schüttelt den Kopf.)* Dahoam haßt des. Bei uns haßt des dahoam. Du bist net von do.

DER ZWEITE: Daham hoaßts. Bist sölba net vo do, wos?

DER ERSTE: I bin do geburn. Mei Muatta is do geburn. Imma

hot's g'haßn dahoam. *Du* bist net von do. *(Er ruft den Wirt.)* Koarl! An G'spritztn!

DER ZWEITE *(ebenfalls rufend):* Mia a Mischung, Koarl!

WIRT *(lässt die Zeitung sinken):* Kummt sofuat! *(Er schenkt ein und serviert.)*

DER ERSTE: Kimmt haßt des, Koarl, kimmt sofuat! Bist du a net vo do?

DER ZWEITE: Kummt hoaßt's. Da Koarl ist scho vo do, oba du net. An G'spritztn! G'spritzte gibt's in Wean. Bei uns hoaßt des Mischung. *(Er trinkt.)*

DER ERSTE: Es haßt net Wean, es haßt Wian. Wian auße foat ma, net Wean auße.

DER ZWEITE: Man foat net Wean auße, man foat Wean eine.

DER ERSTE *(höhnisch):* Wian eine! Bist a Wiana, wos?

DER ZWEITE: Weana, wonn i war. Bin i oba net. I bin vo do. Im Gegensotz zu dir.

DER ERSTE *(wendet den Blick ab und trinkt. Zu sich, aber gut hörbar):* Wos red i überhaupt mit so an Toscha … Eh net vo do …

DER ZWEITE *(ebenso):* Toscha, jo, genau … Weil des bei uns Toscha hoaßt …Togga do …

(Pause. Sie trinken aus.)

DER ERSTE: Koarl!

DER ZWEITE: Koarl!

WIRT: A G'spritzter, a Mischung, kemment sofuat!

(Er schenkt ein, serviert. Die beiden, ständig trinkend, würdigen einander von nun an keines Blicks mehr, sondern sprechen nur gut hörbar vor sich hin.)

DER ERSTE: Kemment … Aa so a Toscha … Kumment haßt des.

DER ZWEITE: Toscha … Toscha gibt's vielleicht bei de Tillo, du Togga.

DER ERSTE: Togga, jojo, wohl Togga … An Tuscha host, oba vo do bist net.

DER ZWEITE: Du host vielleicht an Tuscha, weil's d' net vo do bist. Wennst an Klopfa hettest, tat i sogn, du bist vo do.

DER ERSTE: Holt die Goschn, Teppata …

DER ZWEITE: Goschn, jo, Goschn … Die Pappn holt, Surm …

(Sie verstummen, stoßen nur manchmal einzelne Wörter hervor – Togga, Toscha, Tuscha, Klopfa, Goschn, Pappn, Surm etc. –, trinken und starren einander feindselig an. Nach längerer Zeit geht die Tür auf, eine ältere Frau tritt ein, verschafft sich Überblick und steuert auf den Tisch des ersten Mannes zu.)

DIE FRAU *(wütend):* Do bist du! Waßt scho wieder ka Dahoam! Gemma jetz!

(Der erste Mann steht folgsam auf, legt Geld auf den Tisch und verlässt hinter ihr das Wirtshaus. Kurz vor dem Abgehen dreht er sich noch einmal zum zweiten Mann um.)

DER ERSTE *(triumphierend):* Dahoam haßt's, Toscha! *(Er deutet auf die Frau.)* Weil de, de is vo do.

(Während die beiden abgehen, betritt eine zweite Frau das Wirtshaus, verschafft sich Überblick und steuert auf den Tisch des zweiten Mannes zu.)

DIE ZWEITE FRAU *(wütend):* Doss du koa Daham woaßt.

(Vorhang)

In Österreich (Hoffnungsloser Fall)

(Krankenzimmer einer psychiatrischen Abteilung. Ein männlicher Patient mittleren Alters, mit dem Rücken zum Publikum auf seinem Bett sitzend, verfolgt die Übertragung eines Biathlon-Wettkampfs im Fernsehen.
Der Primarius tritt ein, gefolgt von Schwestern, Pflegern, Studentinnen und Studenten. Der Patient zeigt keine Reaktion.)

PRIMARIUS *(zu den Studenten):* Patient Nummer vier, zweiundfünfzig, zuletzt tätig als Fremdenverkehrsreferent. Schwere Demenz. Sämtliche Therapien ergebnislos. *(Zum Patienten:)* Wie geht's uns denn heute? Was schauen wir denn da?

PATIENT *(ohne den Blick vom Fernseher abzuwenden):* SV Spittal – Vöcklabruck.

PRIMARIUS: Fußball?

PATIENT: Fußball. *(Vor sich hin, dumpf:)* Hier – regiert – der Es Vau Es.

EIN STUDENT: Also, wenn Sie mich fragen, ist das Biathlon.

PATIENT: Biathlon unbekannt. Falls existent, uninteressant.

PRIMARIUS *(zu den Studenten):* Sehen Sie das Problem?

DER STUDENT: Aber der Mann hat Recht! Biathlon interessiert niemanden! Wenn die nicht doperten wie die Depperten, schauert das kein Schwein!

PRIMARIUS: Möglich. Aber das Problem liegt tiefer. (*Zum Patienten:*) Wer ist Benjamin Raich?

PATIENT: Ruhe! Ich will das Spiel sehen!

PRIMARIUS: Lenken Sie nicht ab. Wer ist Benjamin Raich?

PATIENT: Unbekannt.

DER STUDENT *(baff):* Das ist allerdings wirklich –

PATIENT *(vor sich hin, dumpf):* Hier – regiert – der Es Vau Es. Hier – regiert – der Es Vau Es.

PRIMARIUS *(ist hinter ihn getreten und legt ihm die Hand auf die Schulter):* Mein Lieber. Sehen Sie aus dem Fenster. Es schneit. Niemand spielt im Winter Fußball. Man treibt anderen Sport. Die Leute fahren Schi. Laufen lang. Tanzen Eis. Gerade Österreich ist ein Paradies des Wintersports. Sie als Fremdenverkehrsreferent –

PATIENT: Spittal spielt immer.

EINE STUDENTIN *(zum Primarius):* Ich gebe zu, das ist ein schwieriger Fall, aber wurde sein Alter in Betracht gezogen? Mein Vater kennt auch nicht mehr alle Schifahrer, deswegen ist er nicht gleich dement. Ich würde gern etwas versuchen. Darf ich?

PRIMARIUS: Ich bitte darum.

DIE STUDENTIN *(zum Patienten, nervös):* Der Name Klammer sagt Ihnen doch etwas?

PATIENT: Gendarmeriekommandant von Kärnten. Fähiger Mann. Leider schon in Pension. Darf ich jetzt endlich das Spiel sehen?

STUDENTIN *(noch nervöser):* Aber Hermann Maier kennen Sie?

PATIENT: Selbstverständlich! Mich wundert allerdings, dass Sie ihn kennen. Diesen hochbegabten Japanologen aus Greifenburg im Drautal kennen die Wenigsten.

STUDENTIN *(verzweifelt):* Karl Schranz! Toni Sailer! Bitte! Sailer und Schranz!

PATIENT: Unbekannt. *(Vor sich hin, dumpf:)* Hier – regiert – der Es Vau Es.

(Die Studentin wird ohnmächtig. Schwestern und Pfleger kümmern sich um sie. Der Primarius schickt sich an, mit den anderen das Zimmer zu verlassen.)

DER STUDENT: Passiert so etwas öfter?

PRIMARIUS: Leider ja.

STUDENT *(mit einem Blick auf die Studentin):* Irgendwie kann ich sie verstehen. Es gibt keine Hoffnung für ihn, nicht wahr?

PRIMARIUS: Keine Hoffnung.

STUDENT: Das ist so traurig.

PRIMARIUS: So ist das in unserem Beruf.

(Vorhang)

An der Ischl

(18. Jahrhundert. Ufer am Unterlauf der Ischl oberhalb von Ischl. Nah am Wasser, neben einer erloschenen Feuerstelle, ein Landstreicher mit heruntergelassenen Hosen, Rücken zum Publikum. Ein Herr in Gamaschen tritt auf.)

DER HERR *(erbost):* Augenblicklich halt er ein! Mir scheint, er will sich in der Ischl waschen!

DER LANDSTREICHER *(empört):* Gott bewahre, nein! Ich will mir nur den Arsch mit Asche wischen!

DER HERR: Ach so. Pardon. Dann nichts für ungut. Arschmitaschewischen, das ist kein Delikt.

DER LANDSTREICHER: Wohl aber Inderischlwaschen?

DER HERR: Dieses wohl.

DER LANDSTREICHER: Ich nehme an, der Äschen wegen?

DER HERR: Ja.

DER LANDSTREICHER: So sind der Herr wohl Äschenfischer? Petri Heil denn!

DER HERR: Petri Dank.

(Er entfernt sich. Kurze Pause. Der Landstreicher wendet sich wieder dem Fluss zu.)

DER LANDSTREICHER *(in die Ischl wischelnd):* Esel!

(Vorhang)

Oachkatzl Bambi

(Seeboden am Millstätter See im August 2006. Sommerfest der Kärntner Jägerschaft. Eine improvisierte Bühne. Ein Moderator. Sepp.)

MODERATOR: – heute unsern Sepp präsentieren. Unser Sepp ist sehr flink mit der Motorsagl, der wird uns jetzt in fünf Minuten aus diesem Holzbloch *(zeigt auf ein auf der Bühne liegendes Stück Baumstamm)* eine Plastik schneiden, und zwar ein wohlbekanntes Wüldtier, oder, Sepp? *(Sepp nickt.)* Applaus für unsern Sepp!

(Applaus. Sepp wirft die Motorsäge an und macht sich an die Arbeit. Licht auf zwei ungefähr vierjährige Knaben im Publikum, die, auf den Schultern ihrer Väter sitzend, gespannt die Vorführung verfolgen.)

ERSTER KNABE *(nachdem Sepp drei, vier Schnitte gemacht hat):* Des wead a Reach.

ZWEITER KNABE *(zum ersten):* Wat sachste?

ERSTER KNABE: Des wead a Reach.

ZWEITER KNABE *(zu seinem Vater):* Wat sacht er?

ZWEITER VATER *(zum ersten Vater):* Wat sacht Ihr Sohn?

ERSTER VATER *(ohne ihn anzublicken, mürrisch):* Wos wead a schon sachn …

ZWEITER VATER *(höflich insistierend):* Pardon … Mein Junge wüsste gern … Wat sacht Ihr Sohn?

ERSTER VATER *(zu seinem Sohn):* Wos sogst?

ERSTER KNABE: Des wead a Reach.

ERSTER VATER *(zum zweiten):* Er sogt, des wead a Reach.

ZWEITER VATER *(verständnislos):* Bitte?

ERSTER VATER *(deutlich):* Ein Reh!

ZWEITER VATER: Ach, 'n Reh! *(Zu seinem Sohn:)* Der junge Mann glaubt, Sepp schnitzt 'n Bambi.

ZWEITER KNABE: So'n Quatsch! Das wird 'n Eichhörnchen!

ERSTER KNABE: *(zu seinem Vater):* Wos?

ERSTER VATER: Oachkatzl, moant er.

ERSTER KNABE *(auf die Bühne starrend):* Togga. Reach.

ZWEITER KNABE *(ebenso):* Eichhörnchen.

(Pause. Licht auf Sepp. Er arbeitet wie besessen. Nach kurzer Zeit stellt er die Motorsäge ab, hebt ein unförmiges Holzgebilde hoch und verneigt sich. Applaus.)

ZWEITER KNABE *(grimmig):* Eichhörnchen!

ERSTER KNABE *(ebenso):* Reach!

(Lange, ungute Stille.

Vorhang.)

100 Jahre Kleine Zeitung

Eine Gratulation

(Kärnten. Eine Bauernstube, düster. Im Bühnenhintergrund, in so großem Dunkel, dass er für das Publikum nicht zu sehen ist, in einem Lehnsessel sitzend, der Bauer. Im Bühnenvordergrund, an einem von einer tief hängenden Deckenlampe beleuchteten, schweren Holztisch, die Bäuerin. Sie liest die »Kleine Zeitung«.)

DIE BÄUERIN *(laut, doch wie zu sich):* Hundat Johre Klane Zeitung …

DER BAUER: Wer? Wia olt?

DIE BÄUERIN: Die Klane. Hundat Johre.

DER BAUER: Die Klane, jojo … Waß wohl … So a Schwoaze woa des … Rombratl, muads Rombratl … Waß wohl … Wia olt?

DIE BÄUERIN: Hundat Johre.

DER BAUER: Muads Rombratl … Jojo …

(Lange Pause)

DER BAUER: Wer is sunst noch gsturbn?

(Vorhang)

Bei Tods
Ehedrama

(Stube bei Tods. Tödin mit einer Stickarbeit beschäftigt. Tod liest in NEWS Nr. 4/2005.)

TOD: Gute Presse. Zwei große Artikel, in denen ich vorkomme. Da, Schneyder. Hat seine Frau verloren.

(Er legt Tödin die Zeitung hin. Sie blickt von ihrer Arbeit auf und überfliegt den Artikel.)

TÖDIN: »Ich nehme mir die Freiheit, nach innen zu trauern.« *(Nimmt die Arbeit wieder auf.)* Wenn er nach innen trauert, warum sagt er es NEWS?

TOD: Weil – … Ist doch egal. Es geht nicht um Schneyder, es geht um mich. *(Nimmt die Zeitung und blättert.)* Ah, da schau. Gratzer-Nachruf. Habe ich vorhin übersehen. *(Zufrieden:)* Jaja, der Tod ist groß …

TÖDIN: Manche sagen, du bist klein. Klein, billig und niederträchtig.

TOD: Ich, klein? Und die Flutwelle? 300.000 auf einen Streich. War das klein?

TÖDIN: Das Leben geht jedenfalls weiter.

TOD: Wer sagt das?

TÖDIN: Alle.

TOD: Blödsinn! Der Tod ist groß, das sagen alle. Es ist alles lächerlich, wenn man an den Tod denkt, das sagen sie.

TÖDIN: Kann schon sein. Aber sie sagen auch, das Leben geht immer weiter.

TOD: Das Leben! Wenn ich das schon höre, das Leben! Glaubst du diesen Schwachsinn wirklich? *(Er betrachtet die stickende Tödin.)* Was ist los mit dir? Du bist in letzter Zeit so komisch. Arbeitest du überhaupt noch? In NEWS liest man nie etwas über dich.

TÖDIN: Ich tu schon, was zu tun ist. Man muss nicht alles an die große Glocke hängen.

TOD *(blättert abwesend in der Zeitung und legt sie dann weg):* Früher haben wir viel mehr gemeinsam gemacht. Weißt du noch, die Raunächte? Ich mit der Wilden Jagd voraus, und du hast die Wäsche noch einmal gewaschen, die die Leute an den Wäscheleinen vergessen haben. Und alle, alle sind sie drin gestorben.

TÖDIN: Ja. Schweinearbeit. Aber dich hat es nur interessiert, wenn Kinderwäsche dabei war. Oder ein Unterrock von einer jungen Frau.

(Tod steht auf, geht zu ihr und will sie küssen. Tödin wehrt ihn ab.)

TOD: Was hast du? Magst du mich nicht mehr?

(Keine Antwort.)

TOD: Hast du einen anderen?

(Keine Antwort.)

TOD: Wir haben seit Monaten keinen Sex, ist dir das aufgefallen?

TÖDIN: Ich brauch' das nimmer. Ich bin zu alt dafür.

TOD: Du warst immer genauso alt, wie du jetzt bist, und so wird es auch bleiben.

TÖDIN: Dann war ich eben immer schon zu alt dafür und werde es auch bleiben.

TOD: Und wenn ein anderer kommt? Wenn das Leben kommt und sagt, ich gehe weiter, viel weiter, als du dir vorstellen kannst?

TÖDIN *(errötet, stickt schneller)*

(Vorhang)

Familiengrab

(Allerseelentag. Ein Friedhof in der österreichischen Provinz. Vor einem der Gräber ein Ehepaar um die siebzig.)

SIE *(nach längerem Schweigen):* Erika hätte da hergehört.

ER: Irma! Sag' nicht so was! Auch wenn die Erika manchmal –

SIE: Nicht die Erika. Erika. Die Stiefmütterchen sind verblüht, und Chrysanthemen, ich weiß nicht … Ich finde Chrysanthemen geschmacklos. Alles Erika hätte da hergehört, das haltet, und mitten drin unsere Gesteck.

ER: Das hast du wieder sehr schön gemacht.

SIE: Ich versteh' auch nicht, warum man sowas im Laden kaufen muss. Die Natur schenkt einem so viel. Ein Geschick gehört halt dazu, vor allem ein Wille.

ER: Kaufen ist eben bequemer. Du kennst die Erika.

(Pause. Er lässt seinen Blick über die Nachbargräber schweifen.)

ER: Das Zirnwaldgrab ist wieder sehr elegant.

SIE *(ohne hinzusehen):* Das sind Angeber. Schon dieser Engel …

ER: Das ist eine Muttergottes.

SIE: Da siehst du's. So modern, dass man's nicht auseinanderkennt. Ich möchte wissen, zu was die überhaupt ein Grab brauchen. Haben ja kaum Tote, und wenn, verbrennen sie's. Aber überall dabei sein.

ER (*um abzulenken*): Vierunddreißig Jahr' ist es jetzt schon wieder her, dass deine Mutter gestorben ist.

SIE: Viel zu früh, ja. Der Vater auch. Viel zu früh.

ER: Einundvierzig Jahr' …

SIE: Könnten beide noch leben …

ER: Naja … Er wäre jetzt hundertdreißig.

SIE (*während sie niederkniet*): Kein Alter heutzutage. (*Sie beginnt, Unkraut auszuzupfen. Grimmig:)* Erika hätte da hergehört.

(Vorhang)

Am Radetzkyplatz (N/O)

Den Wiener Verkehrsbetrieben gewidmet

(Am Radetzkyplatz. Ein Winterabend. Es regnet. An der Haltestelle der Straßenbahnlinien N (Richtung Prater Hauptallee) und O (Richtung Praterstern) drei etwa fünfzigjährige Herren in Trachtenanzügen. Sie haben Schirme aufgespannt und blicken starr ins Publikum.

Pause.

Man hört das Geräusch einer sich nähernden Straßenbahn. Der zweite Herr beugt sich vor und blickt zum rechten Bühnenrand.)

ERSTER HERR: A N?

ZWEITER HERR *(richtet sich auf und blickt wieder ins Publikum):* A O.

ERSTER HERR: A, A O.

DRITTER HERR *(vor sich hin, enttäuscht):* A O …

(Ein Straßenbahnzug der Linie O fährt in die Station ein und hält. Niemand steigt aus, niemand steigt ein. Der Zug fährt weiter.

Lange Pause.

Man hört das Geräusch einer sich nähernden Straßenbahn. Der zweite Herr beugt sich vor und blickt zum rechten Bühnenrand.)

ERSTER HERR: N?

ZWEITER HERR *(richtet sich auf und blickt wieder ins Publikum):* O.

ERSTER HERR: A, K N?

ZWEITER HERR: O.

ERSTER HERR *(ärgerlich):* G!

DRITTER HERR *(vor sich hin, enttäuscht):* A O …

(Ein Straßenbahnzug der Linie O fährt in die Station ein und hält. Niemand steigt aus, niemand steigt ein. Der Zug fährt weiter.

Lange Pause.

Man hört das Geräusch einer sich nähernden Straßenbahn. Der zweite Herr beugt sich vor und blickt zum rechten Bühnenrand.)

ERSTER HERR *(bitter):* E K N, H?

ZWEITER HERR: O.

ERSTER HERR *(höhnisch):* A, E A O.

DRITTER HERR *(vor sich hin, enttäuscht):* A O …

(Ein Straßenbahnzug der Linie O fährt in die Station ein und hält. Niemand steigt aus, niemand steigt ein. Der Zug fährt weiter.
Pause.)

ERSTER HERR *(wendet sich nach links):* I G. *(Geht ab.)*

ZWEITER HERR *(wendet sich nach links):* I G A. *(Geht ab.)*

(Pause)

DRITTER HERR *(wendet sich zögernd nach links. Vor sich hin):* G I A. *(Geht ab.)*

(Pause.
Man hört das Geräusch einer sich nähernden Straßenbahn.
Ein Zug der Linie O fährt in die Station ein und hält. Niemand steigt aus, niemand steigt ein.
Der Zug fährt weiter.)

(Vorhang)

Sieger spricht

(2020. Fernsehstudio bei CNN WORLD. Im Hintergrund eine Weltkarte in den amerikanischen Nationalfarben. Ein Interviewer. Der amerikanische Verteidigungsminister. Gelöste Atmosphäre. Interview im Gange.)

DER VERTEIDIGUNGSMINISTER: – and so we'll fuck the fucking motherfuckers out of their fucks and get them fucked while fucking.

DER INTERVIEWER: And the fucks? The fuck-fucking fuckers?

DER VERTEIDIGUNGSMINISTER: Well, we'll fuck-fuck them in their fucking fucks, then fuckingly fuck them.

DER INTERVIEWER *(mit einem höflichen Kopfnicken):* Fuck you very much.

DER VERTEIDIGUNGSMINISTER: Fuck you, too.

(Vorhang)

Travnicek und die neue Hauptbücherei

In Vertretung der Herren
Qualtinger und Bronner

(Wien. Der Urban Loritz-Platz. Travnicek und sein Freund.)

FREUND: Was, Travnicek, halten Sie von der neuen Hauptbücherei?

TRAVNICEK: Mit den Freiheitlichen will ich nichts zu tun haben.

FREUND: Wie kommen Sie auf die Freiheitlichen? Die neue Hauptbücherei gehört der Gemeinde Wien, und Wien ist eine rote Stadt.

TRAVNICEK: Warum heißt sie dann Haupt-Bücherei und nicht Häupl-Bücherei?

FREUND: Sie missverstehen das grund, Travnicek. Sie heißt Hauptbücherei, weil sie die größte ist und weil die ganze Büchereiverwaltung in ihr untergebracht ist.

TRAVNICEK: Und was habe ich davon?

FREUND: Sie können das enorme Bücherangebot nützen! 240.000 Printmedien! 60.000 elektronische Medien!

TRAVNICEK: Wann i a Biachl siach, hob i scho gfressn.

FREUND: Aber irgendein Buch werden doch sogar Sie gelesen haben. Karl May. »Der Schatz im Silbersee«.

TRAVNICEK: Schau' ich aus wie ein Landeshauptmann?

FREUND: Es ist ein großer Fehler, Travnicek, nichts zu lesen. In Büchern steckt die Weisheit von Jahrtausenden.

TRAVNICEK: Und warum lasst man s' nicht raus?

FREUND: Ich sehe schon, es ist hoffnungslos. Lassen Sie uns wenigstens die Architektur betrachten.

TRAVNICEK: Habe ich schon im Fernsehen gesehen.

FREUND: Das Fernsehen kann die Wirklichkeit nicht ersetzen. Betrachten Sie diese kolossale Freitreppe, die an aztekische Tempelbauten gemahnt.

TRAVNICEK: Sehr altmodisch, wenn man bedenkt, wie lang es schon keine Azteken mehr gibt.

FREUND *(unbeirrt):* Diese kühne Stützkonstruktion, die das »Bücherschiff« über der U-Bahn-Station und dem Gürtel förmlich schweben lässt!

TRAVNICEK: Ein Schiff hat nicht zum Schweben, ein Schiff hat zum Schwimmen. Und zwar nicht am Gürtel, sondern am Donaukanal. Und von dort in die Donau und ins Schwarze Meer.

FREUND *(kopfschüttelnd):* Ich geb's auf. Kommen Sie, gehen wir essen.

TRAVNICEK: Gern. Wohin?

FREUND *(zeigt auf das obere Ende der Freitreppe):* In das Café da oben.

TRAVNICEK *(nach kurzem Überlegen):* Meinetwegen. Kriegt man wenigstens einen Hunger.

(Sie beginnen, die Freitreppe hinauf zu steigen.)

FREUND: Vielleicht sollten Sie doch einmal in die neue Hauptbücherei gehen, Travnicek, und sich ein Buch ausborgen und es lesen. Wissen ist Macht!

TRAVNICEK: Das sagen sie im Fernsehen auch immer.

FREUND: Na, bitte, sogar im Fernsehen!

TRAVNICEK: Man darf nicht alles glauben, was s' im Fernsehen sagen.

(Vorhang)

Hochzeitstag

(Bürgerliches Wohnzimmer. Auf einer Sitzbank, einander umarmend, ein Mann und eine Frau um die fünfzig. Beide halten Rotweingläser, an denen sie gelegentlich nippen. Kerzenlicht.)

ER *(versonnen):* 1986. Was für ein Jahr! Wie glücklich wir waren! Weißt du noch?

SIE: Alles, alles weiß ich noch. Am 11. November wurde die Strucker-Kaserne in Tamsweg offiziell übergeben, und schon im Oktober waren hundert mittelschwere Steyr-LKW, sogenannte 12M18, von Bundesminister Krünes übernommen worden.

ER: Fast gleichzeitig stellte die Audi AG die dritte Generation des Audi 80 vor. Ich erinnere mich noch gut an die vollverzinkte Karosserie und die zehnjährige Garantie gegen Durchrostung.

SIE: Bei der Nationalratswahl erreichte die KPÖ 35.104 Stimmen bzw. 0,72 Prozent.

ER: Die Kärntner VGÖ erreichte 1.059 Stimmen, das waren 0,02 Prozent österreichweit.

SIE: Wie glücklich wir waren …

ER: Musica e Vita, der Verein zur Förderung des Neuen Religiösen Liedes, wurde in Rom gegründet. Gründungsmitglied Manfred Porsch brachte die Idee mit nach Österreich, erinnerst du dich?

SIE: Unvergessen! Unvergessen nicht nur die Publikationen der Vereinigung, die Zeitschrift »Musik und Leben«, sondern auch die zahlreichen Konzertabende, die verschiedenste Interpreten miteinander gestalteten.

ER: Und erinnerst du dich an die Herbstfahrt der Mainzer Kinder- und Jugendkantorei St. Alban nach Golling bei Salzburg?

SIE: Wie könnte ich sie vergessen? Es gab Singen unter anderem in Hallein, Salzburg und St. Johann.

ER: Und doch waren da auch schlimme Momente. Prof. Mag. Claus Schneggenburger verunglückte tödlich am Dachstein. Sechzehn Jahre war er Mitglied des Lehrkörpers des BG und BRG Bad Ischl gewesen.

SIE: Das war traurig, ja. Wir haben geweint, weißt du noch?

ER: Ich weiß es. Ein andermal waren wir zutiefst irritiert.

SIE *(nickt):* Der Ausfall des Satellitentransponders Spotbeam Ost auf ECS-F1. 3sat erhielt eine Fülle von Anrufen und Zuschriften aus Süd- und Osteuropa: große Enttäuschung, weil 3sat dort nicht mehr zu sehen war. Aber die glücklichen Momente überwogen. Der Festabend der Burschenschaft Gothia aus Anlass des 100. Geburtstags des Schriftstellers Mirko Jelusich. Die Einführung des Informatik-Unterrichts an der PTS Saalfelden.

ER: Im schwulen International Mr. Leather Contest in Chicago belegten Scott Tucker, Jim Ed Thompson und Peter Gallo, alle aus den Vereinigten Staaten, die ersten drei Plätze. Wir waren unwahrscheinlich glücklich.

SIE: Der Freidenkerbund richtete unter der Leitung von Karl Carraro in Bludenz einen Stützpunkt ein, weißt du noch? Man arbeitete mit den dortigen Kulturvereinen »Denk-mal« und »Spielboden« zusammen.

ER: Leider ging der Stützpunkt nach einigen Monaten infolge innerer Zerwürfnisse und des Todes Carraros wieder zugrunde.

SIE: Dennoch, wir waren glücklich. Was für ein Jahr! Ilse Dippmann lief in New York ihren ersten Marathon!

ER: Richtig. Und das Team von Eintracht Klagenfurt mit Hobel, den beiden Ouschans und den beiden Gritschkes holte das begehrte, weil äußerst seltene »Österreich-Double« im Pool-Billard.

SIE: Bei ihrer Reise lernte Ilse Dippmann die Idee kennen, eigene Läufe für Frauen zu veranstalten. Zurück in Österreich brachte sie bei ihren Freundinnen Uschi Huber und Elisabeth Brunnhuber erstmals den Gedanken eines österreichischen Frauenlaufes ins Gespräch.

ER: Am 9. April fertigte Opel Austria das 1.000.000ste Getriebe!

SIE: Im Sommer wurden an der Tourismusschule Bludenz die sechzehn Maturanten des ersten Aufbaulehrgangs für Fremdenverkehrsberufe feierlich verabschiedet!

ER: Die Gemeinde Sarntal stellte die Genehmigung für den Bau der Richtfunkstation Hohe Scheibe aus!

SIE: Oh, wir waren so glücklich!

(Sie küssen einander heftig.
Pause.
Sie lösen sich voneinander.)

ER: Woran erinnerst du dich sonst noch?

SIE: An so vieles, so vieles. Ich erinnere mich an eine Explosion. Irgend etwas ist explodiert. Ein Kraftwerk?

ER: Das war ich.

SIE: Du?

ER: Weißt du es nicht mehr? Es war im September. Immer wieder hattest du dich in den Wochen davor mit diesem Regieassistenten getroffen. Wir saßen in einem Restaurant, um auf den Start der zweiten Antarktisexpedition von Greenpeace anzustoßen, und du erzähltest ständig nur von ihm, lobtest sein Aussehen, seine Intelligenz. Bis ich schließlich explodierte. Ich schleuderte das Weinglas zu Boden und schrie dich an: »Er oder ich! Entscheide dich! Jetzt und hier entscheide dich!«

SIE: Ja. Ja, ich erinnere mich. Du hast das Richtige getan. Ich habe mich entschieden. Und ich habe mich richtig entschieden. *(Sie schmiegt sich enger an ihn):* Wir sind immer noch glücklich, nicht wahr?

ER: Wir sind immer noch glücklich.

SIE: Wird es immer so weitergehen?

ER: Immer, ja. Es wird immer so weitergehen.

(Vorhang)

Material:
www.google.at, Suchanfrage »1986 Österreich Chronik«, Seiten 1-10.

Tagebuch des Schreckens

(Septembernachmittag 2003. Schwesternzimmer der Pflegestation im Krankenhaus Lainz. Von ferne leises Wimmern. Eine Pflegerin und eine Pflegehelferin. Die Pflegerin schreibt mit Bleistift in ein Heft.)

DIE PFLEGERIN (*mitsprechend*): Etwas Monströses lag in der Dunkelheit, die sich nun über die Pflegestation senkte, etwas, was –

(Die Bleistiftspitze bricht ab. Die Pflegerin reicht den Bleistift der Pflegehelferin.)

DIE PFLEGERIN: Spitzen!

(Die Pflegehelferin spitzt den Bleistift. Die Pflegerin nimmt einen anderen und schreibt weiter.)

DIE PFLEGERIN: – etwas, was alles menschliche Wissen aufs Grauenhafteste überstieg. In der Luft war ein Gestank, so abstoßend, dass man kaum zu atmen wagte.

(Das Telefon läutet. Die Pflegerin nimmt den Hörer ab.)

DIE PFLEGERIN: Geben Sie mir noch zwanzig Minuten.

(Sie legt auf und schreibt weiter. Das Wimmern näher und lauter.)

DIE PFLEGERIN: Wie herübergeweht aus einer lang versunkenen, ekelhaften Epoche, drang ein Wimmern zu uns. Wir wussten wohl, dass irgend etwas –

DIE PFLEGEHELFERIN: Soll ich nachschauen gehen?

(Die Bleistiftspitze bricht ab. Die Pflegerin reicht den Bleistift der Pflegehelferin.)

DIE PFLEGERIN: Spitzen!

(Die Pflegehelferin spitzt den Bleistift. Die Pflegerin nimmt einen anderen und schreibt weiter.)

DIE PFLEGERIN: Wir wussten wohl, dass irgend etwas auf furchtbare Weise aus den Angeln gehoben war, aber niemand kümmerte sich darum. Die Sonne war inzwischen untergegangen, undurchdringliche Finsternis umgab uns.

(Das Telefon läutet. Die Pflegerin nimmt den Hörer ab.)

DIE PFLEGERIN *(ärgerlich):* Was ist denn schon wieder? Ich arbeite ohnehin wie – *(Kurze Pause. Devot:)* Ja, ich weiß. Ich weiß, was ich früher verdient habe. Tut mir leid. Sicher geht es sich aus für die Abendausgabe. Versprochen, ja.

(Sie legt auf und will weiterschreiben. Das Wimmern lauter und näher.)

DIE PFLEGEHELFERIN (*entschlossen*): Ich gehe nachschauen.

(Die Pflegerin hält sie zurück und reicht ihr einen Bleistift.)

DIE PFLEGERIN: Spitzen!

DIE PFLEGEHELFERIN: Aber der ist gespitzt!

DIE PFLEGERIN: Spitzen!!

(Die Pflegehelferin spitzt den Bleistift. Die Pflegerin nimmt einen anderen und schreibt weiter.)

DIE PFLEGERIN: Das Wimmern war kaum noch zu ertragen, aber weder die diensthabende Pflegerin noch deren Helferin machten Anstalten, sich von ihren Plätzen zu erheben.

(Das Wimmern nah und sehr laut. In der Tür zum Schwesternzimmer wird der mit Schorf bedeckte Schädel eines Greises sichtbar. Die Pflegehelferin stößt einen Schrei aus und springt auf. Die Pflegerin drückt sie auf ihren Sessel zurück und reicht ihr den Bleistift.)

DIE PFLEGERIN: Spitzen!

DIE PFLEGEHELFERIN: Aber –

DIE PFLEGERIN: Spitzen!!

(Die Pflegehelferin spitzt den Bleistift. Die Pflegerin nimmt einen anderen und schreibt weiter. Der Greis schiebt sich langsam kriechend vorwärts. Das Wimmern sehr laut.)

DIE PFLEGERIN: Das Wimmern war ein Kreischen geworden, der Gestank unerträglich. Plötzlich gewahrten wir in der Tür zum Schwesternzimmer einen der *Alten*. Er verbreitete einen bestialischen Gestank, und es war ein grässlicher Anblick, wie er, um sich fortzubewegen, die Zähne des Oberkiefers in den Boden schlug und so seinen Körper weiterschleifte. Alles an ihm schien um Hilfe zu betteln, aber weder die diensthabende Pflegerin noch –

(Die Bleistiftspitze bricht ab. Die Pflegerin reicht den Bleistift der Pflegehelferin.)

DIE PFLEGERIN: Spitzen!

(Das Telefon läutet.
Vorhang)

Material:
»Tagebuch des Schreckens« – Berichterstattung der Kronen Zeitung über den Pflegeskandal in Lainz.
H. P. Lovecraft: »Berge des Wahnsinns«.

Mausi oder die verlorene Generation

(Kaffeehaus in der Wiener Innenstadt. An einem der Tische eine Frau, zweiundvierzig, ihr Vater, vierundsiebzig, und ihre Tochter, drei. Leere Kaffeetassen, ein leeres Pago-Glas. Die Tochter spielt mit einem Stoffhasen.)

DER VATER: Das ist aber ein schönes Hasi. Wie heißt's denn?

DIE TOCHTER *(schweigt)*

DIE FRAU: Na, sag halt dem Opa, wie er heißt.

DIE TOCHTER: Mausi.

DER VATER: Aber das ist doch ein Hasi.

DIE FRAU: Deswegen kann er trotzdem Mausi heißen, oder?

DER VATER: Darf ich ihn auch einmal halten, den Mausi?

(Die Tochter reicht, nach kurzem Zögern, ihrem Großvater den Stoffhasen.)

DER VATER: Das is' aber ein lieber Mausi.

(Er spielt einige Zeit mit dem Stoffhasen, bewegt die Gliedmaßen etc. Plötzlich, ansatzlos, verdreht er ihm den Kopf um 180 Grad.)

DER VATER: Und jetz kragl i eam o.

(Er tut so, als ob er sich den Stoffhasen, Kopf voran, in den Mund stecken wollte.)

DER VATER: Und jetz friss i eam zamm.

(Verdreht ihm den Kopf.)

DER VATER: Und jetz kragl i eam no amoe o.

(Führt ihn zum Mund.)

DER VATER: Und jetz friss i eam no amoe zamm.

(Die Tochter, die bis jetzt interessiert zugesehen hat, beginnt zu kichern.)

DER VATER: Und kragl eam o. Und friss eam zamm.

(Die Tochter lacht vergnügt.)

DIE FRAU *(angewidert):* Hör auf!

DER VATER: Warum? Der Sarah g'fallt's. Und kragl eam o. Und friss eam zamm.

(Die Tochter krümmt sich vor Lachen.)

DIE FRAU: Das ist ja ekelhaft!

(Sie nimmt ihrem Vater den Stoffhasen weg und reicht ihn der Tochter.)

DIE FRAU: Gehen wir.

(Die Tochter reicht ihrem Großvater den Stoffhasen.)

DIE TOCHTER: Okragln!

(Vorhang)

Mami

(2016. Steiermark. Ein Zimmer. Ein eingeschalteter Fernsehapparat, Dem Bildschirm gegenüber, in einem Fauteuil, eine Frau Mitte siebzig, einen Stock in Händen. Ein wenig abseits, auf und ab gehend, ihre vierzehnjährige Tochter. Sie spricht in ein Handy. Die Mutter klopft mit dem Stock auf den Boden.)

DIE MUTTER: Lauter!

DIE TOCHTER *(reagiert nicht. Telefonierend):* Ja … Nein … Nein, natürlich will ich auch, aber … Bitte, Kaspar … Ja, ich weiß …

DIE MUTTER *(klopft mit dem Stock auf den Boden):* Lauter!

DIE TOCHTER *(reagiert nicht):* Lass mir noch ein bisschen Zeit, Kaspar, bitte … Nein, tu nicht so, du weißt genau, warum … Ja … Versprochen … Natürlich lieb' ich dich … Ich ruf dich an … Ja … Ich dich auch.

(Sie beendet das Gespräch, steht einige Zeit unschlüssig, geht zur Mutter. Die Mutter klopft mit dem Stock auf den Boden.)

DIE MUTTER: Lauter!

DIE TOCHTER *(schaltet den Fernseher aus):* Darf ich dich was fragen?

DIE MUTTER: Lauter!

DIE TOCHTER *(laut):* Darf ich dich was fragen?

DIE MUTTER *(lächelt gütig):* Sicher. Deine Mami kannst du alles fragen.

DIE TOCHTER *(nach längerem Zögern):* Wie … Also … Wie funktioniert das eigentlich, dass man ein Kind kriegt?

DIE MUTTER *(nickt traurig):* Ja, der Krieg … Furchtbar war das … Die Bomben … Die Russen … Ich war zwar noch klein damals, aber trotzdem –

DIE TOCHTER *(laut):* Nicht der Krieg! Kinderkriegen! Wie funktioniert das?

DIE MUTTER: Kinderkriegen, ach so … Schwierig … Sehr schwierig … Musste man nach Italien … Bei uns war es ja nicht erlaubt … Hormonbehandlung … Östrogen, Gelbkörperhormone, nicht wahr … Gebärmutterschleimhaut aufbauen … Dann eine junge Frau finden, die einem eine Eizelle spendet, auch nicht einfach … Und die Eizelle muss natürlich befruchtet sein, braucht man einen Samenspender … Schwierig … Dann einsetzen die Eizelle in die Gebärmutter … Warten … Hoffen … Dann Kaiserschnitt, nicht wahr, Bauch aufschneiden lassen, auch nicht angenehm … Glücklich sein, sehr glücklich … Schwierig das …

DIE TOCHTER: Bist du sicher?

DIE MUTTER: Was?

DIE TOCHTER: Bist du sicher, dass das nur so funktioniert?

DIE MUTTER *(lächelt):* Das kannst du deiner Mami schon glauben. Ich bin vielleicht alt, aber ich habe jede Menge Lebenserfahrung.

(Die Tochter schaltet den Fernseher wieder ein, geht an den Bühnenrand, wählt eine Nummer, hebt das Handy ans Ohr.)

DIE TOCHTER *(telefonierend):* Kaspar? Also gut. Ja. Jetzt gleich, ja. Ich bin in zwanzig Minuten bei dir.

(Sie beendet das Gespräch und geht wieder zur Mutter.)

DIE TOCHTER: Ich geh' noch zum Kaspar lernen.

DIE MUTTER: Was willst du in der Kaserne?

DIE TOCHTER *(laut):* Zum Kaspar! Lernen!

DIE MUTTER: Lernen … Brav … Gib der Mami ein Bussi.

(Die Tochter küsst die Mutter auf die Wange und will ab. Die Mutter klopft mit dem Stock auf den Boden.)

DIE MUTTER: Lauter!

(Die Tochter dreht den Fernseher lauter. Die Mutter klopft mit dem Stock auf den Boden.)

DIE MUTTER: Lauter!

(Die Tochter dreht den Fernseher noch lauter.)

DIE TOCHTER *(zu sich):* Manchmal könnt' ich sie umbringen …

(Sie geht ab.

Vorhang)

Material:
»Kindersegen im Pensionsalter«, Kurier, 17. 12. 2002

Unschuldiger Vater

(Küche in einer Genossenschaftswohnung in Wien. Ein Paar Mitte zwanzig. Auf Tellern Speisereste. Eine zu zwei Dritteln leere Flasche Rotwein. Fernsehapparat eingeschaltet: »Das Jugendgericht« auf RTL. Aus dem Raum nebenan das Schreien eines Kleinkinds.)

DER MANN: Was hat s' denn?

DIE FRAU: Nass wird s' sein.

DER MANN: Geh nachschaun.

DIE FRAU: Geh selber. Du kannst auch einmal was tun.

DER MANN: Ich weiß ja nicht, was.

DIE FRAU: Umso wichtiger, dass d' es lernst.

(Pause. Fernsehapparat. Das Schreien des Kindes.)

DIE FRAU: Na, geh schon!

(Der Mann steht auf und geht, leicht schwankend, in den Raum nebenan. Die Frau schenkt sich Rotwein nach. Pause. Fernsehapparat. Das Schreien des Kindes.)

DIE FRAU: Und? Is' nass?

DER MANN *(von nebenan):* Net wirklich.

DIE FRAU: Vielleicht reicht Pudern. Probier's.

(Pause. Die Frau trinkt. Fernsehapparat. Das Schreien des Kindes lauter.)

DER MANN: Nutzt nix. Was mach' ich?

DIE FRAU: Na, was schon? Pampers! Im Kastl unterm Waschtisch.

(Pause. Fernsehapparat. Das Schreien des Kindes noch lauter.)

DER MANN: Nutzt auch nix.

DIE FRAU: Hast s' g'waschen vorher?

DER MANN: Nein.

DIE FRAU: Dann wasch s'. Dann puder s' noch einmal, dann Pampers.

(Lange Pause. Die Frau trinkt aus, schenkt sich nach, trinkt aus, schenkt sich nach. Fernsehapparat. Das Schreien des Kindes, anfangs sehr laut, wird schwächer und verstummt schließlich.)

DIE FRAU: Hat's was g'nutzt?

DER MANN: Ja.

(Pause. Fernsehapparat. Die Frau trinkt aus, schenkt sich nach.)

DIE FRAU *(ungeduldig):* Was is'? Bist du's?

DER MANN *(schwer atmend):* Ja.

DIE FRAU: Dann komm endlich!

DER MANN: Gleich! Gleich!

(Die Frau, mitten im Schluck, erstarrt. Zwei Sekunden. Sie setzt das Glas ab, steht auf und geht, stark schwankend, zur Tür zum Raum nebenan, öffnet sie und –

Vorhang)

Neue Mütter

(2009. Bürgerliches Wohnzimmer. Ein Stutzflügel. An der Wand darüber in einem prächtigen Rahmen eine Kinderzeichnung mit dem Titel »Elfriede Jelinek erhält den Literaturnobelpreis«. Am Instrument ein fünfjähriges Mädchen. Sie spielt Schumanns »Träumerei«. Auf einem Sessel neben ihr ihre Mutter. Sie nickt im Takt dazu. Die Tochter hat das Stück zu Ende gespielt und blickt nun stumm auf die Zeichnung.)

DIE MUTTER: Was haben wir uns vorgenommen?

DIE TOCHTER: Wenn ich groß bin, werde ich Literaturnobelpreisträgerin und unterstütze Frauenprojekte.

DIE MUTTER: Brav. Aber bis dahin musst du noch viel lernen. Aus welcher Sprache kommt das Wort »Projekt«.

DIE TOCHTER: Latein. Das muss das P. P. P. von proicio sein. Proicio 3, proieci, proiectus.

DIE MUTTER: Und was heißt proicio?

DIE TOCHTER: Irgendwas mit werfen.

DIE MUTTER: Das will ich schon genauer wissen. *(Sie reicht ihr den »Kleinen Stowasser«.)*

DIE TOCHTER *(blättert einige Zeit und liest dann vor):* Vorwerfen, vorstrecken, vorhalten. Hinaus-, fortjagen. Verbannen, zum Beispiel in insulam. Hinwerfen, zu Boden, beiseite, wegwerfen. Fahren lassen. *(Sie kichert, konzentriert sich aber sofort wieder.)* Auf-, preisgeben, verschmähen. Hinziehen, verweisen. Davon proiectus: Erstens hervortretend, hervorragend, geneigt. Zweitens am Boden liegend, niedrig, verächtlich, auch demütig.

DIE MUTTER *(schließt die Augen, genießerisch):* Am Boden liegend, niedrig, verächtlich, richtig. Auch demütig.

DIE TOCHTER *(eifrig):* Demütig zum Beispiel mit vultus.

DIE MUTTER *(öffnet die Augen):* Was heißt vultus?

DIE TOCHTER *(blättert, liest vor):* Vultus, vultus, masculinum. Gesichtsausdruck, Miene, Gesicht, Blick.

DIE MUTTER: Richtig. Und was ist das nächste Wort?

DIE TOCHTER: Vulva. Femininum.

DIE MUTTER: Heißt?

DIE TOCHTER: Da steht nur: Siehe volva.

DIE MUTTER: Na dann, siehe volva. *(Sie schließt die Augen und lehnt sich zurück.)*

DIE TOCHTER *(blätternd, ihrer Sache sicher):* Sicher was mit rollen. Volvo 3, volvi, volutus. *(Sie hört auf zu blättern, öffnet den Mund um vorzulesen, schreit auf und stürzt ohnmächtig zu Boden. Pause.)*

DIE MUTTER *(steht auf, Augen geschlossen. Mit Hochgenuss):* »Gebärmutter (der Sau als Leckerbissen)«! Ja! Die einzige Bedeutung! *(Pause. Sie kniet sich neben ihre Tochter und tätschelt ihre Wange):* Auf dich wartet noch viel Arbeit, Kind.

(Vorhang)

Material:
Der kleine Stowasser, Lateinisch-deutsches Schulwörterbuch, Ausgabe von 1971.

Bestes Stück

(Staatstheater Schwaig/NÖ, innen. Der Zuschauerraum bis auf den letzten Platz gefüllt. Gegeben wird »Was ihr wollt nach Shakespeare« in der Inszenierung von Stemann, Schlingensief u. a. Aufführung im Gange. Auf der Bühne zwei Vaginas, eine im Dirndl, die andere im Beachvolleyballdress.)

DIE ERSTE: Sog Schwonz!

DIE ZWEITE: Nie!

DIE ERSTE: Sofuat sog Schwonz!

DIE ZWEITE: Nie!

EIN ZUSCHAUER *(beugt sich zu seiner Sitznachbarin. Flüsternd):* Das geht gegen die Streeruwitz.

DIE ZUSCHAUERIN: Nein. Gegen die Jelinek.

ER: Ich hätte geglaubt, gegen die Streeruwitz.

SIE: Jelinek.

ERSTE VAGINA: Wirstu Schwonz sogn!

ZWEITE VAGINA: Nie!

DIE ERSTE *(beißt sie)*

DIE ZWEITE: Schwonz!

DIE ZUSCHAUERIN: *Das* geht jetzt gegen die Streeruwitz.

DER ZUSCHAUER *(nickt)*

(Sie applaudieren. Die Vaginas ab. Zwei Penisse treten auf, einer in Lederhosen, der andere im Beachvolleyballdress.)

DER ERSTE: Sog Fut!

DER ZWEITE: Nie!

DER ERSTE: Sofuat sog Fut!

DER ZWEITE: Nie!

DER ZUSCHAUER: Gegen wen geht das? Turrini?

DIE ZUSCHAUERIN: Ich glaube, Grass.

ERSTER PENIS: Wirstu Fut sogn!

ZWEITER PENIS: Nie!

DER ERSTE *(schlägt ihn)*

DER ZWEITE: Fut!

DIE ZUSCHAUERIN: Das geht jedenfalls gegen Shakespeare.

DER ZUSCHAUER: Zurecht.

(Sie applaudieren. Die Vaginas treten wieder auf und stürzen sich auf die Penisse, welche ihrerseits augenblicklich über jene herfallen. Ein wilder Kampf beginnt, Vaginas und Penisse schlagen und beißen einander wahllos.)

DER ZUSCHAUER: Das verstehe ich nicht.

DIE ZUSCHAUERIN: Genderproblematik.

(Sie applaudieren.

Vorhang)

Material:
»Streit um sprechende Vagina in Jelinek-Stück«, Der Standard, 21. 11. 2006

Guido Tartarotti besucht seine Eltern

(Wohnzimmer. Jetzt. 21 Uhr 30. Um einen niedrigen Tisch der Kurier-Redakteur Guido Tartarotti und seine Eltern. Auf dem Tisch drei halb volle Weingläser und eine halb leere Flasche Weißwein. Gespräch im Gange.)

TARTAROTTI *(emphatisch):* Genau so war es! Bill Haley veröffentlichte »Rock Around The Clock«, und im Sommer 1954 erschien dann die erste Elvis-Single »That's Alright Mama«. *(Er trinkt aus und schenkt sich nach.)* 1958 ging Elvis zum Militär, nach Deutschland, wo er »Muss i denn« statt »Hound Dog« sang. Es dominierte Kommerzmusik von Pat Boone, Connie Francis und Frankie Avalon.

DER VATER *(betreten, mit einem Kopfschütteln):* Von all dem wussten wir nichts.

TARTAROTTI: Alle warteten auf etwas Neues. In Liverpool und Hamburg spielte sich eine junge Band bis zur Erschöpfung durch ihr Rock-Vokabular: Die Beatles. Im Osten der USA trieb sich ein blasser Folkie herum. Er nannte sich Bob Dylan, klaute jede Melodie, die er hörte, und spielte auf jeder Gemüsekiste. So war das.

DER VATER *(zur Mutter:)* Wusstest du das?

DIE MUTTER: Nein.

TARTAROTTI: Am 11. September nahmen die Beatles ihre erste Single auf: »Love Me Do«. Mit ihrer Mischung aus dem Rock von Elvis, dem Beat der Searchers, John Lennons rauer Direktheit und Paul McCartneys Gespür für Schlager eroberten die Beatles Europa, USA, die Welt.

DIE MUTTER: Es muss grauenhaft gewesen sein.

DER VATER *(zu Tartarotti):* War es wirklich so?

TARTAROTTI: Es war so. Während die Beatles erste Erfolge feierten, kämpfte in London ein hochbegabter Musiker um seinen Traum: Brian Jones. Um ihn, den Sänger Mick Jagger und den Gitarristen Keith Richards formierten sich die Rolling Stones.

DER VATER: Nie gehört … *(Zur Mutter:)* Du?

DIE MUTTER: Wir haben nicht zugehört. Wir haben nie wirklich zugehört.

TARTAROTTI: Aber es war so. Die sechziger Jahre waren das Jahrzehnt, in dem die Musiker die Welt verändern wollten und schließlich von der Welt verändert wurden. Es begann mit ein bisschen Marihuana und endete mit –

DIE MUTTER *(ergreift die Hand des Vaters und blickt zur Zimmerdecke. Abwesend:)* Als Guido zur Welt kam, weißt du noch …? Achtundsechzig, es muss achtundsechzig gewesen sein … Wir waren glücklich … Wie glücklich wir waren … Warum haben wir nicht zugehört?

TARTAROTTI *(lauter):* – begann mit ein bisschen Marihuana und endete mit Heroin. *(Er trinkt aus, schenkt sich nach, stellt lautstark die Flasche auf den Tisch.)* Am Ende war Brian Jones tot, waren die Beatles zerstritten, die Hippies von San Francisco zu Junkies geworden, und in –

DIE MUTTER *(starrt zur Decke):* Ich empfinde Trauer und Scham.

TARTAROTTI: – in Vietnam wurde mehr gestorben denn je.

(Kurze Pause)

DER VATER: War es wirklich so?

TARTAROTTI: So war es.

DIE MUTTER *(völlig abwesend zur Decke starrend):* Zorn, Wut, Betroffenheit.

DER VATER *(zu Tartarotti):* Warum hast du nie etwas gesagt?

TARTAROTTI: Ihr habt nie zugehört.

(Lange Pause)

TARTAROTTI: Ihr solltet nun zu Bett gehen.

DER VATER: Und die siebziger Jahre?

TARTAROTTI: Die siebziger Jahre morgen. Geht nun zu Bett.

(Sie gehen zu Bett.

Vorhang)

Material:
Guido Tartarotti: »Der Rock erobert die (Bucklige) Welt«, zweiter Teil einer Serie über die Geschichte der Rockmusik. Kurier, 13. 4. 2004

Schulausflüge

(Parkanlage einer größeren österreichischen Stadt an einem sonnigen Maitag. Im Gras gelagert drei Oberstufenschülerinnen örtlicher Gymnasien.)

DIE ERSTE: Wir waren gestern in Mauthausen. Ich war urfertig hinterher.

DIE ZWEITE: Geh bitte, Mauthausen! Wir waren heuer eine Woche in Polen. Auschwitz! Da geht was ab! Da bist du dann richtig fertig!

(Pause)

DIE ERSTE *(zur dritten):* Wart ihr auch wo?

DIE DRITTE: Am Loibl.

DIE ZWEITE: Am Loibl? Gibt's da überhaupt ein KZ?

DIE DRITTE: Ein Nebenlager.

DIE ZWEITE *(mitleidig):* Nebenlager …

DIE ERSTE: Und wie ist es so?

DIE DRITTE: Schön gelegen.

(Vorhang)

Lehrer im Alltag

1. Mathematik

(Kaffeehaus, schlecht besucht. An einem der Tische ein Mittelschulprofessor für Mathematik. Er hat die Zeitung ausgelesen, sein Bier ausgetrunken und betrachtet nun die Getränkekarte.)

DER PROFESSOR *(zu sich):* Jetzt kostet das Bier schon $\approx \pi$… Vor einem halben Jahr hätte ich gesagt, e ist ein Grenzwert. *(Ruft:)* Zahlen! *(Kurze Pause, ruft lauter:)* Zahlen! *(Längere Pause. Zu sich:)* Dabei ist das Service 0. *(Ruft sehr laut:)* Zahlen!

(Ein Kellner erscheint.)

DER KELLNER: Zahlen, der Herr? Ein Bier? Drei Euro zehn.

DER PROFESSOR *(gibt ihm einen Fünfer):* Machen Sie $\sqrt{10}$ in Gottes Namen.

(Der Kellner ratlos.)

(Vorhang)

2. Deutsch

(Wien im Winter. Eine Fußgängerunterführung. Ein betrunkener Mann mittleren Alters, aus der Nase blutend, liegt bäuchlings auf dem Boden und ruft um Hilfe. Eine Mittelschulprofessorin für Deutsch kommt vorbei und tritt zu ihm.)

DIE PROFESORIN: Was ist Ihnen geschehen?

DER MANN: Zerlegt hat's mich.

DIE PROFESSORIN: Das kann nicht sein. Sie bluten zwar ein wenig, aber sonst sind Sie ganz.

DER MANN: Dann halt aufg'stellt.

DIE PROFESSORIN: Sie liegen auf dem Bauch. Es kann Sie unmöglich aufgestellt haben.

DER MANN: Herrgott! Z'ammdraht hat's mi!

DIE PROFESSORIN: Nein nein. Sie liegen ganz ausgestreckt. Können Sie mir nicht endlich sagen, was Ihnen zugestoßen ist?

DER MANN *(während er versucht aufzustehen):* Gehn S', schleichen S' Ihnen.

DIE PROFESSORIN: Ich habe keine Veranlassung zu schleichen, schon gar nicht mit diesem Reflexivum. Aber wenn Sie mir nicht sagen wollen, was los ist, gehe ich tatsächlich.

DER MANN *(wütend):* Ja, hau ab, alte Fritattn!

DIE PROFESSORIN *(seufzt):* Was Sie meinen, lieber Herr, ist »Fregatte«, in seiner Hauptbedeutung ein dreimastiges

Kriegsschiff, von primitiven Menschen manchmal pejorativ gebraucht für »ältere Frau«.

(Sie wendet sich ab und entfernt sich. Der Mann hat sich inzwischen hochgerappelt und stützt sich an der Mauer ab. Kurze Pause.)

DER MANN *(ihr nachrufend):* Der Blitz soll dich treffen, Fritattn, tepperte!

DIE PROFESSORIN *(dreht sich, weitergehend, zu ihm um):* Fritatten, dass Sie es nur wissen, sind eine Suppeneinlage, in Westösterreich auch Flädle ge- –

(Sie hat eine Eisplatte übersehen, gleitet aus, stürzt und bleibt, um Hilfe rufend, liegen. Der Mann taumelt in ihre Richtung.)

DER MANN *(zum Himmel blickend):* Wenigstens einer versteht mich.

(Vorhang)

Gehrer: Ursache und Wirkung

Erster Akt

(Küche im Stil der vierziger Jahre. Am Küchentisch Oma und Mama Gehrer, Erbsen zählend.
Aus dem Nebenzimmer die Stimme der dreijährigen Liesl.)

LIESL *(heiser brüllend):* Oma, bad' mi! Mama, kumm! Oma, bad' mi! Mama, kumm!

OMA *(steht auf):* Ich geh' schon.

MAMA *(hält sie zurück):* Da bleibst! Diesmal wird sie sich nicht durchsetzen!

LIESL: Oma, bad' mi! Mama, kumm! Oma, bad' mi! Mama, kumm!

(Oma setzt sich kopfschüttelnd und zählt weiter Erbsen. Liesl brüllt weiter.
Vorhang)

Zweiter Akt

(Sechzig Jahre später. Büro im Bildungsministerium. Ministerin Gehrer gibt ein Interview.)

GEHRER: Freunde, Familie und Sport geben mir Kraft. Bei langen Wanderungen sage ich mir manchmal Sprüche vor. Omne patmi mane hum.

INTERVIEWERIN: Omne patmi mane hum? Sind Sie sicher?

GEHRER: Omne patmi mane hum. Das verleiht Geduld bei harten Strecken.

(Vorhang)

Material:
»Was haben Sie falsch gemacht?« Elisabeth Gehrer im Interview mit Conny Bischofsberger, Kronen Zeitung, 5. 2. 2006

Bildungsdebatte

(Speisewagen eines Eurocity in Richtung Wien. Früher Abend. An einem der Tische die Journalistin Bobek und der Journalist Lingens, miteinander im Gespräch. Sie trinken Rotwein. Ihnen gegenüber ein Gleisbauarbeiter auf der Heimfahrt. Er trinkt Bier und hört interessiert zu.)

BOBEK *(heiter, mit leuchtenden Augen):* Also, das war so: Ich war beim Erdäpfelschälen in der Küche und höre die Nobelpreisrede von der Jelinek im Radio, und auf einmal sagt der Severin: »Mami, das klingt gut: ›Ich bin der Vater meiner Muttersprache.‹ Das werde ich einmal im Deutschaufsatz schreiben. Der Lehrer versteht das nie.« Ist das nicht witzig?

LINGENS *(lacht):* So sind sie, die Kinder.

(Kurze Pause. Der Gleisbauarbeiter bestellt sich ein neues Bier.)

BOBEK *(wie oben):* Und diesen anderen Jelinek-Satz, »ich bin übernächtig davon, meiner Sprache nachzuschauen wie ein Leuchtturm aufs Meer«, den habe ich ihm mit meinen klebrigen Fingern mitschreiben müssen, weil er ihn unbedingt einmal in eine Hausübung einbauen will.

LINGENS: Vifer Bursche. In was für eine Schule geht er?

BOBEK: In die französische. Severin will sprachlich klotzen, nicht kleckern. *(Lacht.)*

DER GLEISBAUARBEITER *(rülpst):* Pardon. Die Kohlensäure.

LINGENS *(zu Bobek:)* Ich persönlich habe das Glück, meinen Jüngsten, den Eric, im Aloha-College in Marbella untergebracht zu haben. Die arbeiten nach dem englischen Schulsystem und verschaffen Jahr für Jahr einer großen Zahl von Absolventen die Qualifikation für die besten Universitäten Europas. Jeder Arbeitsplatz hat Internetanschluss, Hausaufgaben setzen durchwegs eigene Recherchen voraus, und zu den Unterrichtsgegenständen zählt, gleichberechtigt mit Mathematik oder Französisch, das Fach »Drama«. Zuletzt wurde Lorcas »Haus der Bernarda Alba« in einer englischen und einer spanischen Fassung aufgeführt. Die Voraussetzung jeder komplexeren Denkleistung, meiner Ansicht nach, ist die Beherrschung der Sprache.

DER GLEISBAUARBEITER: Pardon, wie heißt das? Arabella-College?

LINGENS: Das Aloha-College in Marbella.

DER GLEISBAUARBEITER: Marbella … Nie gehört …

BOBEK: Haben Sie auch Kinder?

DER GLEISBAUARBEITER: Eines, ja. Den Ferdl.

BOBEK: Und in welches Gymnasium geht er?

DER GLEISBAUARBEITER: Pazmanitengasse. Hauptschule. *(Er rülpst.)* Pardon.

BOBEK: Sie sollten unbedingt schauen, dass er ins Gymnasium kommt, wenn möglich ins französische. Er soll doch eine Chance haben später, und beim heutigen Arbeitsmarkt … Ohne umfassende Bildung geht da gar nichts.

DER GLEISBAUARBEITER: Da haben Sie sicher recht. Aber Arabella-College … Das können wir uns nicht leisten. Meine Frau ist seit acht Monaten arbeitslos, gut, ist sie zwar daheim, kann sie sich kümmern. Aber kostet schon die Pazmanitengasse genug. Und jetzt die Selbstbehalte überall, sogar beim Arzt. Der Ferdl hat ja dauernd was. Einmal da ein Cut, einmal dort einen Gips.

LINGENS *(lacht):* So sind halt manche Kinder.

BOBEK: Trotzdem sollte man alles für sie tun. Muss man halt ein bisschen mehr arbeiten, ein bisschen zurückstecken, mein Gott! Tun wir doch alle.

DER GLEISBAUARBEITER: Sicher, sicher… *(Er trinkt, rülpst.)* Aber … Mein Gott … Irgendwas wird schon werden aus dem Ferdl. Und vielleicht sind Ihre Kinder irgendwann froh, wenn's jemand gibt, der gelernt hat, wie man einem Orschloch richtig in die Goschen haut.

(Vorhang)

Material:
Peter Michael Lingens, »Modell einer guten Schule«, profil 51/2004
Susanne Bobek, »Der PISA-Effekt«, Kurier, 13. 12. 2004

Schulung

»In diesem Seminar werden abschreckende Beispiele von Negative Campaigning gezeigt, damit die Wahlkampfleiter wissen, dass man so etwas nicht tut.«

(Reinhold Lopatka, Generalsekretär der ÖVP, zitiert nach »Der Standard« vom 17. 8. 2005)

(Seminarraum in der ÖVP-Zentrale in Wien. Der Generalsekretär Lopatka bildet ein Dutzend Parteijugendliche zu Wahlkampfleitern aus.)

LOPATKA: Das oberste Gebot, liebe junge Freunde, kann nur lauten: Wir führen einen fairen Wahlkampf. Wir bedienen uns nicht des sogenannten Negative Campaigning wie unsere Kollegen von der SPÖ, die roten Gfrießer, wie wir sie nicht nennen. Wir schreiben keine Leserbriefe oder e-mails unter falschem Namen, in denen Ehrenrühriges über Gegenkandidaten behauptet wird, etwa, sie hätten Steuern hinterzogen oder Schmiergelder genommen, seien betrunken Auto gefahren oder seien schwul, hätten außereheliche Beziehungen, seien womöglich bei einem Bordellbesuch beobachtet worden. Sollte es sich um eine Gegenkandidatin handeln, gehen wir ähnlich vor, wir sagen nicht, sie sei eine Lesbe oder verdanke ihre Karriere ihrem Körpereinsatz, habe sich also, wie wir nicht sagen, hinaufgepudert, die Drecksau. Wir sagen auch nicht, sie habe fünfhundert Paar Schuhe im Kasten und kaufe sich mit Spesengeld Kleider von Armani oder einem anderen Modeschöpfer, die Namen entnehmen Sie bitte Ihren Unterlagen, die ich Sie bitte, genau zu studieren. Sie finden da detailliert sämtliche Methoden eines modernen Wahlkampfs, deren sich die Österreichische Volkspartei niemals bedienen würde. Gibt es noch Fragen?

EIN JUGENDLICHER *(eifrig schreibend, zeigt auf):* Aber wenn jetzt, sagen wir, an einem Gegenkandidaten all das abprallt, wenn er –

LOPATKA: Das gibt's nicht.

DER JUGENDLICHE: Ich mein' ja nur theoretisch, wenn der also wirklich so ein tadelloser Charakter wäre –

LOPATKA: Irgendwas würde immer hängen bleiben.

DER JUGENDLICHE: Schon klar, aber theoretisch, der ist, sagen wir, total immun gegen alles, was wir nicht tun, dann dürfte man den nicht in der Nacht, sagen wir, in einer dunklen Gasse, so ein bissl, Sie wissen schon?

LOPATKA: Keinesfalls.

DER JUGENDLICHE *(nickt, schreibt)*

(Vorhang)

Rechtschreibreform
Sprechstück

*(Die Bühne leer bis auf, im Vordergrund, ein mächtiges Portal und, im Hintergrund, zwei Fenster. Die Fenster sind geschlossen. Dunkel.
Licht auf das linke Fenster. Das Fenster wird geöffnet. Das Gesicht der Sprecherin wird sichtbar.)*

SPRECHERIN *(anfangs getragen, wie einen Vortrag vor einem Fachpublikum haltend, dann immer geschwätziger):* http://news.google.at/news?q=rechtschreibreform&hl=de&lr=#&cr=countryAT&ie=UTF-8&sa=N&tab=nn http://www.tripple.net/contator/aufzack/votefrage.asphttp://fm4.orf.at/borisjordan/175 http://www.google.com/search? q=cache:j_ZBpGeQUoIJ:www.rechtschreibkommission.de/+rechtschreibreform &hl=de&lr=lang_de

(Das Fenster wird geschlossen. Dunkel.

Lange Pause.

Licht auf das rechte Fenster. Das Fenster wird geöffnet. Das Gesicht des Sprechers wird sichtbar.)

SPRECHER (*betont heiter, als begrüße er das Saalpublikum einer Fernsehshow*): www.aberhallo.de/lexikon/index.php/Reform_der_deutschen_Rechtschreibung_von_1996

(Das Fenster wird geschlossen. Dunkel.

Lange Pause.

Licht auf das linke Fenster. Das Fenster wird geöffnet. Das Gesicht der Sprecherin wird sichtbar.)

SPRECHERIN *(sehr rasch):* http://www2.krone.at/itest/rechtschreib reform/itest_rechtschreibung.htmlhttp://www.bmbwk.gv.at /schulen/unterricht/ba/:564/mainhttp://members.chello.at/ heinz.pohl/Rechtschreibreform.htmhttp://kurier.at/oester reich/696858.php

(Das Fenster wird geschlossen.

Lange Pause.

Licht auf beide Fenster. Das rechte Fenster wird geöffnet. Das Gesicht des Sprechers wird sichtbar.)

SPRECHER *(heiter):* www.aberhallo.de/lexikon/index.php/ Reform _der_deutschen_Rechtschrei-

(Das linke Fenster wird aufgerissen. Das Gesicht der Sprecherin wird sichtbar.)

SPRECHERIN *(keifend):* www.tripple.net/contator/aufzack!

SPRECHER *(verwirrt):* aufzack?

SPRECHERIN *(wieder sanfter, wie zur Erklärung):*_http://www. google.com/search?q=cache:qvj5fSbT8mQJ:www.recht schreibreform-neindanke.de/+recht-schreibreform&hl=de &lr=lang_de_http://www.google.com/search?q=cache:0IK 4cAVAI_EJ:www.vein.hu/ger-man/online.html+rechtschreib reform&hl=de&lr=lang_de

(Das linke Fenster wird geschlossen. Licht nur mehr auf das rechte, geöffnete Fenster.)

SPRECHER *(nach einer kurzen Pause der Verwirrung wieder heiter, als begrüße er das Saalpublikum einer Fernsehshow):*

www.aberhallo.de/lexikon/index.php/Reform_der_deut schen_Rechtschreibung_von_1996

(Das linke Fenster wird aufgerissen, Sekundenbruchteile später, wie zu spät gekommen, Licht auf das linke Fenster. Das Gesicht der Sprecherin wird sichtbar.)

SPRECHERIN *(außer sich vor Wut):* www.ids-mannheim.de/pub/ reform.html

SPRECHER *(beleidigt):* www.spiegel.de/kultur/gesellschaft/0,151 8,315810,00.html

SPRECHERIN *(noch wütender):* www.ids-mannheim.de/reform/

SPRECHER *(noch beleidigter):* www.bmbwk.gv.at/schulen/unter richt/ba/Rechtschreibreform

(Das rechte Fenster wird geschlossen. Licht bleibt.)

SPRECHERIN *(zufrieden):* www.ids-mannheim.de *(Nach einer kurzen Pause in verändertem Tonfall, wie einen Vortrag vor einem Fachpublikum haltend, dann immer geschwätziger:)* Rech tschreibreform1603.xml?style=text http://www.univie .ac.at/ Germanistik/schrodt/rechtschreibreform/rechtschreibrefor mtexte.html http://derstandard.at/?url=/?id=1751652 http: //news. google.at/news?q= rechtschreibreform&hl=de&lr= #&cr=countryAT&ie=UTF-8&sa=N&tab= nn http://www. tripple.net/contator/aufzack/votefrage.asphttp://fm4.orf.at/ borisjordan/175 http://www.google.com/search? q=cache: j_ ZBpGeQUoIJ:www. rechtschreibkommission.de/+recht schreibreform &hl=de& lr=lang_de

(Das rechte Fenster wird aufgerissen, das Gesicht des Sprechers wird sichtbar.)

SPRECHER *(hat eine Kasperlmütze aufgesetzt. Als spreche er in einen Saal voller Kinder):* http://de.wikipedia.org/wiki/Rechtschreibreform

(Plötzlich Dunkel.

Vorhang.)

Rudolf Burger beim Mittagessen

(Wirtshaus. An einem der Tische der Philosoph Rudolf Burger. Er studiert die Speisekarte. Neben ihm ein Kellner, auf die Bestellung wartend.)

BURGER *(vor sich hin):* Brechtisch, sehr brechtisch heute … *(Zum Kellner:)* Suzerän, ja … Diallelen … Die Diallelen opak, bitte. Und Ekphrasis, aber die gute alte, Sie wissen schon.

(Der Kellner schreibt mit, dankt höflich, geht hinter die Theke und schenkt ein Viertel Weißwein ein.)

DER KELLNER (*über die Schulter in Richtung Küche*): Einmal Augsburger mit G'röste, scharf gebraten!

BURGER *(zu sich):* Schön, wenn man verstanden wird.

(Vorhang)

Weltmeister

(Die Bühne ein Turnsaal. In der Mitte des Turnsaals ein Holztisch mit einer Schachuhr. Zu beiden Seiten des Tisches Holzstühle, auf ihnen die Konkurrenten um den Weltmeistertitel im Tiefsinnsagen Arrabal und Houellebecq, beide dem Publikum zugewandt. Im Bühnenhintergrund zahlreiche Kameras und Mikrophone.)

ARRABAL *(nach längerem Schweigen, bedächtig):* Das Wahre ist nicht wahrscheinlich, selbst wenn das Wahrscheinliche nicht die Wahrheit ist. *(Er betätigt die Schachuhr.)*

HOUELLEBECQ: Wir tragen einen Verräter in uns, die Eitelkeit, die verschwindet im Schatten Gottes. *(Er betätigt die Schachuhr.)*

ARRABAL *(nickt. Nach längerem Schweigen):* Die anderen können nur die Schatten der Leere erkennen. Aber die Literatur ist der Spiegel einer Epoche. *(Betätigt die Schachuhr.)*

HOUELLEBECQ *(listig, wie einen Überraschungsangriff führend):* »Plattform« ist 18 Tage vor der Zerstörung der Twin-Towers in die Buchhandlungen gekommen. *(Betätigt die Schachuhr. Pause. Zu Arrabal:)* Remis?

ARRABAL *(schüttelt den Kopf):* In der desinformierenden Information schwimmend, gebraucht der Romancier seine Beobachtungsgabe, und er hat die Pflicht, uns sein Lachen und seine Unsicherheiten mitzuteilen. *(Betätigt die Schachuhr.)*

HOUELLEBECQ: Nur das Schweigen ist mörderisch, rassistisch und obszön. *(Betätigt die Schachuhr.)*

ARRABAL *(plötzlich laut):* Wenn der Romancier die Grenzen der

Logik erreicht, beginnt sich die Welt nach seinem Bild und Gleichnis zu formen. *(Betätigt fast gewaltsam die Schachuhr.)*

HOUELLEBECQ *(ebenfalls laut, in erhöhtem Sprechtempo):* Es wäre effizienter, mit Miniröcken zu bombardieren als mit Raketen. Das –

ARRABAL *(dazwischen, sehr laut):* »Das schwache Glied« ist –

HOUELLEBECQ: Ich war noch nicht fertig! Noch einmal! Es wäre effizienter, mit Miniröcken zu bombardieren als mit Raketen. Das schwache Glied ist die Möse. Das ist die strategische Ressource. *(Drischt auf die Schachuhr.)*

ARRABAL: Fertig jetzt? *(Nach einer kurzen Pause, genüsslich):* »Das schwache Glied« des Schwachen ist das Geschlecht des »schwachen Geschlechts«. *(Er betätigt die Schachuhr und lehnt sich lächelnd zurück.)*

HOUELLEBECQ *(wie im Fieber, anfangs sehr laut, dann leiser werdend):* Aber ich kann mir – ... Kann mir keine – ... Aber ich kann mir keine lebensfähige Gesellschaft vorstellen – ... keine lebensfähige Gesellschaft vorstellen ohne – ... Scheiße! *(Er fegt die Schachuhr vom Tisch. Zu Arrabal:)* Revanche morgen! *(Er stürzt aus dem Saal.)*

ARRABAL *(blickt ihm nach. Ins Publikum):* Heutzutage ist es nur kindisch, Rachegefühle zu hegen! Immer taucht ein Morgen auf hinter der Tür der Umkehrbarkeit.

(Vorhang)

Material:
»Das schwache Glied ist die Möse« – Fernando Arrabal spricht mit Michel Houellebecq. Volltext 2/2006.

Grass und wir

(Sommer 2006. Österreich wie immer. Caféhaus. An einem der Tische zwei österreichische Intellektuelle mittleren Alters und Bekanntheitsgrads. Kleiner Brauner, Kamillentee, Zeitungen.)

DER ERSTE: Ungut das.

DER ZWEITE: Was?

DER ERSTE: Mit Grass.

DER ZWEITE: Ach, das. Naja, Menass- –

DER ERSTE: Du sprichst ihn Französisch? Weißt du überhaupt, was –

DER ZWEITE: Ich spreche ihn nicht Französisch. Du lasst mich nicht ausreden. Menasse hat völlig recht, wenn er sagt, Grass –

DER ERSTE: Menasse hat immer völlig recht.

DER ZWEITE: Schon. Aber diesmal hat er besonders völlig recht, wenn er sagt, Grass ist nicht Waldheim.

DER ERSTE *(bitter):* Ich habe das schon 85 gesagt. Das und noch mehr. Niemand hat auf mich gehört.

DER ZWEITE *(nach einigen Augenblicken der Irritation, unbeirrt):* Grass, sagt Menasse völlig richtig, hat zuerst nicht gewusst, dann gewusst und schließlich gesagt. Waldheim hat gewusst, dann plötzlich nicht mehr gewusst und schließlich nie gesagt. Das ist der Punkt.

DER ERSTE: Er hat völlig recht. Was mich allerdings ein bissl irritiert, ist, dass Schindel auch gewusst hat. Und trotzdem nicht gesagt. »Er erzählte es vor zwanzig Jahren mir und anderen Schriftstellern.«

DER ZWEITE: Dir?

DER ERSTE: Nein! Ich zitier'! Grass! Blödsinn, was red' ich! Schindel. Grass Schindel. Und jetzt Schindel NEWS. »Ich empfinde großen Respekt für ihn.«

DER ZWEITE: Ich auch. Schindel ist für mich seit langem mit einer der Besten.

DER ERSTE: Natürlich! Aber ich mein' jetzt, Schindel für Grass.

DER ZWEITE: Ach so. Klar. Wär' auch ein Trottel, wenn nicht.

DER ERSTE: Und Menasse: »Hochachtung«.

DER ZWEITE: Mit einer der Besten, wenn nicht überhaupt.

DER ERSTE *(genervt):* Ja! Ja! Es geht aber um was anderes! Grass SS, verstehst du? Nicht gesagt. Dann wohl gesagt. Und Menasse: Hochachtung. Und Schindel: Respekt. Schnallst du, was das heißt? Für uns?

DER ZWEITE *(nach einer Pause, mit vor Entsetzten geweiteten Augen):* Du meinst … –

DER ERSTE: Weißt du noch, damals, wie dein Ravensbrück-Stück herausgekommen ist, wie froh du warst, dass du diese jüdische Großtant' gefunden hast, die hat emigrieren müssen?

DER ZWEITE *(nickt):* Ein Leidensweg.

DER ERSTE: Sicher. Wenn auch nicht zu vergleichen mit dem Schicksal von dem behinderten Cousin von meiner Großmutter. Ihm ein Denkmal zu setzen mit »Hart Heim Hart« war für mich –

DER ZWEITE *(betroffen):* Ich weiß …

(Pause)

DER ERSTE: Grauenhafte Vorstellung, verblendeten SS-lern nachlaufen zu müssen für die nächsten Jahre.

(Lange Pause)

DER ERSTE: Andererseits weniger schwierig.

(Vorhang)

Material:
»Robert Schindel: »Ich weiß es seit 20 Jahren«, Der Standard, 14. 8. 2006
»Ein Moralist klagt sich an«, News 33/2006

Robert Menasse sieht die Millionenshow

(Atelier. In einem Ohrensessel, Rücken zum Publikum, der Schriftsteller Robert Menasse. Ihm gegenüber ein Großbildfernseher. Millionenshow. Auf dem Bildschirm der Moderator Assinger und die Kandidatin Mag. Trutzbrandner.)

ASSINGER: Frau Magister … 15.000 Euro … Das brisante, Komplikationen verheißende, vom Wiener Burgtheater endgültig abgelehnte Auftragsstück »Paradies der Ungeliebten«, das von einem konservativen Vizekanzler handelt, der seine Seele für den Kanzlerposten an den Naziteufel verschachert, von einem als Kunstminister verkleideten Schmierenschauspieler und von desperaten Linken, die ein Attentat auf einen rechtspopulistischen Parteiführer planen, stammt von A: Gerhard Haderer, B: Robert Menasse, C: Franzobel, D: Gerhard Roth.

MENASSE: Das ist leicht.

TRUTZBRANDNER *(überlegend):* »Paradies der Ungeliebten«, hm … Also, Haderer würde ich ausschließen … Brisant, Komplikationen, das passt zwar, aber Haderer ist doch mehr ein Zeichner, nicht? Diese Jesus-Geschichte. Mit dem Weihrauch.

ASSINGER: Und mit die Surfbrettln.

TRUTZBRANDNER: Wo die Griechen böse waren, nicht?

ASSINGER: Mit die Surfbrettln, ja.

TRUTZBRANDNER *(überlegt weiter):* Menasse … Habe ich gelesen »Vertreibung aus der Hölle« …

ASSINGER: Lesen Sie vül, Frau Magister?

TRUTZBRANDNER: Ich lese sehr vü- … sehr viel. (*Überlegt:*) Hölle … Paradies …

MENASSE: Na, sag's schon!

TRUTZBRANDNER: Also dass ein gescheiter Mensch wie der Menasse so einfallslos ist, dass er gleich nach der Hölle das Paradies … Nein, das kann ich mir nicht vorstellen.

MENASSE: Blöde Kuh.

TRUTZBRANDNER: Schmierenschauspieler, Naziteufel … In ein Franzobelstück würde das passen … Aber abgelehnt, nein … Von Franzobel wird eigentlich alles aufgeführt … Außerdem würde bei Franzobel auf jeden Fall ein Finanzminister mit seinen Mätressen vorkommen.

MENASSE *(zu sich):* Ein Finanzminister mit seinen Mätressen … Das ist nicht blöd.

TRUTZBRANDNER *(plötzlich sicher):* Nein, ich nehme D, Gerhard Roth.

ASSINGER: D, Gerhard Roth? Auf amol?

TRUTZBRANDNER: Ja. Ich kenne »Der See«, da gibt es auch eine Art Attentat auf einen rechtspopulistischen Politiker, und die Schriftsteller schreiben ja immer von sich selber ab, nicht?

ASSINGER: D, Gerhard Roth?

TRUTZBRANDNER *(nickt):* D, Gerhard Roth.

ASSINGER: Sie sein sich gonz sicher?

TRUTZBRANDNER *(nickt):* D, Gerhard –

(Menasse ist aufgestanden, hat den Fernseher abgedreht und geht nun in Gedanken versunken im Atelier auf und ab.)

MENASSE *(zu sich):* Ein Finanzminister mit seinen Mätressen … Genau … Ein Vizekanzler, der seine Seele an den Naziteufel verschachert und ein Finanzminister mit seinen Mätressen, das ist großartig … *(Er bleibt stehen. Auflachend:)* Der wird sich noch in den Orsch beißen, der Bachler!

(Vorhang)

Material:
»Kein ›Burg‹-Debüt für Schüssel«, News 19/2005

Kritische Geister

(Salon. Heimelige Atmosphäre. Feuer in einem offenen Kamin. In zwei Fauteuils einander gegenüber der Journalist Nikowitz und der Cartoonist Haderer. Gespräch im Gange.)

NIKOWITZ: Was sagen Sie dazu, dass jetzt in Griechenland Ihr Buch »Das Leben des Jesus« beschlagnahmt wurde?

HADERER: Naja, muss ich jetzt halt meine Segelsachen wieder einpacken. Zum Glück bin ich nicht bei STS, sonst würde mich das mehr schmerzen.

NIKOWITZ: Hahahaha! Die versprechen ja bloß seit Ewigkeiten, dass sie dort bleiben.

HADERER: Und es wird nicht und nicht erfüllt, obwohl sicher viele Leute drauf warten, stimmt.

NIKOWITZ: Hahahahahaha! Ganz schön boshaft! Aber zurück zu Ihnen: Man will Sie in Griechenland auch wegen Religionsbeleidigung vor Gericht stellen.

HADERER: Ich finde, die Katholiken sollten mich ins Abendgebet einschließen für all das, was ich nicht gezeichnet habe.

NIKOWITZ: Hahahahahahahaa! Brillant!

HADERER: Jetzt schau ich halt einmal, ob die internationale Werbeagentur genauso gut funktioniert wie die österreichische mit Schönborn und Schüssel.

NIKOWITZ *(klopft sich auf die Schenkel)*: Werbeagentur Schönborn Schüssel, hahahaha! Sie trauen sich echt was! *(Atmet durch.)* À propos Schüssel: Der Bundeskanzler bestreitet ja auch einen Teil Ihres neuen Buches »Von Hunderln und Menschen«. Sie haben ihn sicher aus, hahaha, Dankbarkeit reingenommen, oder?

HADERER: Schüssel ist eine der faszinierendsten Figuren für mich, einmal völlig wertfrei gesagt. Und natürlich einer meiner besten Mitarbeiter.

NIKOWITZ: Hahahahaha!

HADERER: Ich bin von ihm quasi abhängig. Es ist eine Art von stiller Liebesbeziehung – von meiner Seite zumindest.

NIKOWITZ *(wischt sich Tränen aus den Augenwinkeln):* Hahahahahahahaaaa!

HADERER: Ich könnte mir durchaus vorstellen, mit ihm auf einen Berg zu gehen und mit ihm oben einen Sonnenuntergang zu malen. Wenn er ganz ruhig ist dabei und nichts sagt, schon gar keine Drohungen, wie er weiterregieren möchte, dann würde ich ihn gerne einladen. Dann könnten wir uns künstlerisch so richtig austauschen.

NIKOWITZ *(krümmt sich):* Hiiiihahahahaha! Ich versteh schon! Hihihihaha! Zeichnerkollegen quasi. Kollege Schüssel, hihihaha! Kollege Schüssel hat Ihre Werke »Schundzeichnungen« genannt. Wie beurteilen Sie denn seine?

HADERER: Hohohoho! Kollege Schüssel! Sehr gut, Nikowitz. Kompliment. Die Wahrheit ist: Ich habe noch sehr wenige gesehen. Aber was ich gesehen habe, war absolut authentisch. Die Zeichnungen schauen genauso aus, wie er auftritt. Sehr in sich geschlossen und von Selbstsicherheit getragen.

NIKOWITZ *(bekommt einen Lachanfall, von dem er sich nur lang-*

sam erholt): Aufhören, Haderer, bitte, ich kann nicht mehr! Reden wir von etwas anderem! »Von Hunderln und Menschen«. Was haben Sie eigentlich gegen, hihihi, Hunde?

HADERER: Ich stelle hiermit ein für alle Mal fest, ich habe nichts gegen Hunde.

NIKOWITZ: In Ihrem neuen Buch wird aber einer nach dem anderen massakriert. Das wird – hihihihihihahahaaah! –, das wird Edith Klinger nicht gefallen.

HADERER: Die gibt's doch nimmer. Die heißt doch jetzt irgendwas mit Ente, oder?

NIKOWITZ *(neuer Lachanfall. Nach Luft ringend):* Entenfellner.

HADERER: Aha. Naja, es gibt ja dann doch irgendwie ein Happy-End, vielleicht versöhnt das die Frau Entenfellner wieder. Weil die Tierfreunde hätte ich nicht gern am Hals. Die sind sicher noch gefährlicher als die Katholiken.

NIKOWITZ *(fällt vor Lachen aus dem Fauteuil. Wie erstickend):* Bitte, hören Sie auf! Ich kann echt nicht mehr! Sie sind so wahnsinnig witzig, ich brunz mich gleich an.

HADERER: Kritisch aber auch, oder?

NIKOWITZ: Kritisch auch, sicher. Auch total mutig.

(Vorhang)

Material:
»Ich bin von Schüssel abhängig«– Gerhard Haderer im Interview mit Rainer Nikowitz, profil 10/2003

Sonntagsprogramm

(Ein Sonntag, früher Vormittag. Bürgerliches Speisezimmer. Eine Familie, Vater, Mutter und der ca. fünfjährige Sohn, beim Frühstück. Ein Radio ist eingeschaltet. Ö 1.)

STIMME MICHAEL KÖHLMEIERS *(aus dem Radio):* In der Türkenstraße 14 im Neunten Bezirk, da wohnt Herr Diplomingenieur Edwin Aberle, und wenn man die Nummer 419 75 23 wählt, wird dort abgehoben und Herr Aberle sagt »Hallo« oder auch »Hier Aberle«, und man kann mit ihm sprechen. Es kann aber auch sein, dass seine Frau abhebt, Edith Aberle, die wohnt nämlich unter derselben Adresse und hat dieselbe Telefonnummer. Und – und das ist jetzt interessant – gar nicht weit von der Familie Aberle, in der Schwarzspanierstraße 11, wohnt auch ein Herr Aberle, Herr Friedrich Aberle, ein kaufmännischer Angestellter, vielleicht sogar ein Bruder oder ein Cousin oder gar der Vater oder Sohn vom Herrn Edwin Aberle, und der hat gar keine Festnetznummer mehr, sondern nur noch ein Mobiltelefon, 0676 06 03 421. Das hat den Vorteil, dass er gar nicht zu Hause sein muss, wenn man ihn erreichen will, der kann auch in einem Kaffeehaus sitzen oder in der U-Bahn, und trotzdem kann man mit ihm sprechen. Wenn man aber 63 478 wählt, also eine nur fünfstellige Nummer, dann ist man in der Abfallverwertungsgesellschaft in der Industriegasse im 23. Bezirk, einer großen, wichtigen Firma. Natürlich muss man jetzt noch eine Null dazuwählen für die Vermittlung, dann kann man sich verbinden lassen, in die Direktion, in ein Büro oder hinaus auf den Müllplatz. Und da, in der Abfallverwertungsgesellschaft in der Industriegasse, gibt es jetzt auch ein FAX, unter der Durchwahl 17 kann man ein FAX schicken, eine Beschwerde zum Beispiel oder einen Verbesserungsvorschlag oder einen Liebesbrief an eine Sekretärin oder sogar ein sehr schönes Liebesgedicht.

(Kurze Pause)

SPRECHERIN: Sie hörten: »Michael Köhlmeier erzählt das Telefonbuch«, zweite Folge, Abdel-Salam bis Abfallverwertung. Die nächste Folge hören Sie am kommenden Sonntag um –

DIE MUTTER *(dreht das Radio ab):* Es reißt einen immer wieder mit.

DER VATER: Das war schon bei der Bibel so. Zum Lesen ist sie stinkfad, aber wenn er sie erzählt …

DER SOHN: Kriege ich die CD?

DIE MUTTER: Ich weiß nicht …

DER SOHN: Bitte! Die anderen habt ihr mir auch gekauft.

DIE MUTTER: Schon. Aber die Telefonbuchedition, das sind 940 CDs. Das ist ein bisschen teuer.

DER VATER: Vielleicht fliegt ja gerade das Christkind beim Fenster vorbei und hat alles gehört.

DIE MUTTER: Das könnte natürlich sein.

(Des Sohnes Augen leuchten.
Vorhang)

Radek Knapp antwortet

Für Konrad Bayer, Brigitta Falkner, Elfriede Gerstl, Werner Kofler, Reinhard Priessnitz u. a.

(Arbeitszimmer in einem einfach, doch gediegen ausgestatteten literarischen Quartier. Der Schriftsteller Radek Knapp und ein Interviewer.)

INTERVIEWER: Herr Knapp, was ist der Unterschied zwischen einem Bestseller und einem Ladenhüter?

KNAPP: Das ist schwer zu sagen. Wenn ein guter Verlag, ein Verlag, der Macht hat, ein Machtverlag, wenn der alle Räder laufen lässt, Beziehungen und so, dann können wir, jetzt ohne einen Eingriff von draußen, im Sinne von wenn Ranicki was sagt oder sonst jemand, nein, alleine nur so, was der Verlag selbst Werbung macht und Anzeigen schaltet und ein paar Rezensionen erzwingt, dann können wir auf zehn- bis zwölftausend kommen, ungefähr, das ist –

INTERVIEWER: Ich verstehe.

KNAPP: – das ist, was dieser Machtverlag wirklich pressen kann, von selber. Ab zwölftausend beginnt das Buch entweder selbst zu leben, mit einem Eigenleben, oder nicht, und ab dann können wir schon von einem guten Buch –

INTERVIEWER: Ich verstehe, ja.

KNAPP: – bzw. von einem Bestseller sprechen. Dann kommt die Mundpropaganda dazu, oder das Buch kommt dann beispielsweise in irgendeine Buchsendung im Fernsehen rein, weshalb du –

INTERVIEWER *(ungeduldig):* Alles klar.

KNAPP: – weshalb du plötzlich viertausend verkaufte Bücher am Tag hast, egal, welches, ob es deines wäre, oder meins –

INTERVIEWER *(genervt):* Wir haben verstanden, Herr Knapp!

KNAPP *(unbeirrt):* – da bekommt es einen Stempel drauf und Zack! Naja, da schauen zwei Millionen Idiotenleser zu, die keine Ahnung haben, aber –

INTERVIEWER: Vorhang! Vorhang!

(Vorhang)

Material:
»Radek Knapp antwortet«, @cetera Nr. 14, Dezember 2003

Prozess

(Gerichtssaal. Richter. Ankläger. Angeklagter Gstrein. Sein Verteidiger. Verhör im Gange.)

ANKLÄGER: Sie geben also zu, dass Sie bei Schröder waren?

GSTREIN: Ich war bei Schröder, ja.

ANKLÄGER: Wie fanden Sie es bei Schröder?

GSTREIN: Ich fand es schön.

ANKLÄGER: Das haben Sie auch zum Reporter Mangold gesagt, nicht wahr?

GSTREIN: Ja.

ANKLÄGER: Und Ihnen war bewusst, dass der Reporter Mangold Ihre Worte in der «Süddeutschen Zeitung« wiedergeben würde?

GSTREIN: Das war mir bewusst, ja.

ANKLÄGER: Sie haben des Weiteren erklärt, der Kanzler sei unglaublich charmant gewesen. Sie seien selbst überrascht gewesen, wie berückt Sie davon gewesen seien. Sie hätten förmlich die Gefahr der Verführbarkeit der Intellektuellen gespürt.

GSTREIN *(nickt)*

ANKLÄGER: Schröder sei, haben Sie gesagt, in seiner Zuwendung nicht hierarchisch gewesen. Er habe wirklich etwas wissen wollen von seinen Gästen. Sehr lange und intensiv etwa habe er sich mit Rainald Goetz unterhalten.

GSTREIN: Mit Rainald Goetz, richtig. Sehr lange. Sehr intensiv. Mit Rainald Goetz.

ANKLÄGER: Sie erinnern sich ferner, dass Unseld gegen 23 Uhr nervös geworden sei: Man wolle den Kanzler nicht über Gebühr vom Regieren abhalten und werde darum den Heimweg antreten. Der Kanzler habe in der gelassensten Art abgewunken und bedeutet, dass er sich diese Zeit gerne nehme. Darauf habe er Grappa reichen lassen.

GSTREIN: Genau so war es.

ANKLÄGER: Wie viele Gläser Grappa haben Sie getrunken?

VERTEIDIGER: Einspruch! Irrelevant!

RICHTER: Stattgegeben.

ANKLÄGER: Sie haben erklärt, mit einem politischen Bekenntnis habe dieser Besuch nichts zu tun. Es sei Neugierde. Sie würden aus der gleichen Neugierde heraus auch zu Angela Merkel gehen. Schröder aber fänden Sie jenseits aller Politik einfach sympathisch. Sie seien da gerne hingegangen.

GSTREIN: Sehr gerne, ja.

ANKLÄGER: Sie hätten, haben Sie gesagt, nicht den Eindruck, dass Sie eine solche Begegnung im Sinne einer Infiltration in Ihrer Arbeit beeinflussen könne. Sie seien ja umgekehrt auch ohne ein aktives politisches Wollen dagewesen. Außerdem hätten Sie den Vorteil, Ausländer zu sein. In Österreich würden Sie weder zu den einen noch zu den anderen gegangen sein.

GSTREIN: In Österreich keinesfalls.

ANKLÄGER: Es ist in der Folge die Rede von einem weiteren Treffen mit Schröder.

GSTREIN: Ein solches Treffen hat stattgefunden, ja.

ANKLÄGER: Das geben Sie zu?

GSTREIN: Ich habe kein Problem damit.

ANKLÄGER: Und Sie geben auch zu, all das zum Reporter Mangold gesagt zu haben, wissend, dass er es in der «Süddeutschen Zeitung« veröffentlichen werde?

GSTREIN: Jawohl.

ANKLÄGER: Dennoch bestreiten Sie weiterhin, der größte Wichtigmacher der deutschsprachigen Literatur zu sein?

GSTREIN: Mit aller Entschiedenheit.

ANKLÄGER: Keine weiteren Fragen.

(Vorhang)

Material:
Ijoma Mangold, «Und alle waren schon einmal da«, Süddeutsche Zeitung, 22. 6. 2005

Rilke bei Fliege

(Jetzt. Rilkes Zimmer. Rilke, aus einer Dose Bier trinkend, vor dem eingeschalteten Fernsehapparat. Auf dem Bildschirm die Talkshow »Fliege«. Fliege spricht mit Rilke.)

FLIEGE: Herr Rilke. Sie leben, schreiben Sie in einem Ihrer Gedichte, Ihr Leben in Wachsringen.

RILKE: Nein. In wachsenden Ringen.

FLIEGE: In wachsendem Ringen.

RILKE: Nein! In wachsenden Ringen!

FLIEGE: Die sich über die Dinge ziehn.

RILKE: Genau.

FLIEGE: Wie ist das zu verstehen?

RILKE: Wie es da steht.

FLIEGE: Sie schreiben, Sie würden den letzten vielleicht nicht vollbringen.

RILKE: Das ist richtig.

FLIEGE: Aber versuchen wollen Sie ihn?

RILKE: Ja.

(Am unteren Bildschirmrand wird ein Insert eingeblendet: »Dichter R. M. Rilke: Lebt sein Leben in wachsenden Ringen.« Rilke wirft die halbleere Bierdose gegen den Bildschirm.
Vorhang.)

Material:
Rainer Maria Rilke: »Ich lebe mein Leben in wachsenden Ringen«, 1889

Idyllen, die es niemals gab: Rilke und seine Mutter

»Hätt' ich doch eine Mutter besessen, so im tiefsten Grunde mühefroh und mühefromm.«
(Rainer Maria Rilke)

(Paris, Spätherbst 1913. Mansardenzimmer. Im Bühnenvordergrund an einem Schreibtisch der Dichter Rilke. Im Bühnenhintergrund, bügelnd, eine ältere Frau in Filzpantoffeln und einer bunt gemusterten Kleiderschürze: Rilkes Mutter.)

RILKE *(dichtend):* Tränen, Tränen, die aus mir brechen –

RILKES MUTTER: Schnäuz dich!

RILKE *(schneuzt sich):* Mein Tod, Mohr, Träger / meines Herzens, halte mich schräger, / dass –

RILKES MUTTER: Halt dich grad!

RILKE *(richtet seinen Oberkörper auf):* Dass sie abfließen. Ich will sprechen

RILKES MUTTER: Wart, bis du am Wort bist.

(Pause)

RILKES MUTTER: Jetzt.

RILKE: Schwarzer, riesiger Herzhalter. / Wenn ich auch spräche, / glaubst du denn, dass das Schweigen bräche?

(Pause. Rilke blickt verstohlen zu seiner Mutter.)

RILKE *(leise):* Biege mich, Walter.

RILKES MUTTER: Dicht richtig!

RILKE: Diesmal hätte ich gewettet, dass du nichts merkst.

RILKES MUTTER: Eine Mutter merkt alles. Weiter.

RILKE: Wiege mich, Alter.

RILKES MUTTER: Gut. Und jetzt ab ins Bett.

(Rilke ab.)

(Vorhang)

Nach Glaube Liebe Hoffnung

Für Karl-Heinz Grasser

Personen:
Alfons
Elisabeth

(2001. Nacht. Salzkammergut. Seeufer.
Alfons taucht aus dem Wasser, nach Luft ringend. Er hält in seinen Armen die ganz in Weiß gekleidete, wie tot wirkende Elisabeth, trägt sie ans Ufer, bettet sie ins Gras, setzt sich neben sie, tätschelt ihre Wange.)

ALFONS: Elisabeth! Elisabeth!

ELISABETH *(kommt zu sich):* Alfons?

ALFONS: Ja.

ELISABETH *(richtet sich auf, sieht sich ängstlich um):* Bin ich denn noch?

ALFONS: Ja. Wir haben Glück gehabt.

ELISABETH: Glück?

ALFONS: In einen See gehen! Hirnrissig! Sowas kann die Existenz kosten.

ELISABETH: Das wollt' ich ja.

ALFONS *(zornig):* Du! Immer nur du, du! An mich denkst du überhaupt nicht! Glaubst du, man kann einfach so in einen See gehen? Gehört ja nicht dir! Und wem hätt' man die Besitzstörungsklage angehängt? Wenn man mich erwischt hätt' beim Retten? Mir.

ELISABETH *(sinkt nach hinten):* Ich wollt' einfach nimmer … Seit du mir gesagt hast, ich soll mich verkaufen …

ALFONS: Verkaufen! Wer redet von verkaufen? Privatisieren hättest du dich sollen! Du hättest dich ja gleich wieder zurückleasen können. Einen Batzen Geld hätten wir gekriegt. Alle Schulden wären wir losgewesen. Eine herrliche Zukunft wär' vor uns gelegen.

ELISABETH: Ich glaub' dir nicht.

ALFONS *(wendet sich ab):* Dann halt nicht. Aber nur weil eine nix von der Ökonomie versteht, muss sie nicht gleich ins Wasser gehen. Schon gar nicht in einen See.

ELISABETH *(schlägt mit der Hand in die Luft, als würde sie Fliegen abwehren):* Na! Da fliegen lauter so schwarze Würmer herum.

ALFONS *(blickt aufs Wasser):* Ja. Schön, nicht? Blaue auch.

ELISABETH *(stirbt)*

ALFONS: Und da! Ein roter! Siehst ihn? Und ein grüner!

ELISABETH *(stirbt)*

ALFONS: Wunderschön!

ELISABETH *(stirbt)*

ALFONS: Du musst mir vertrauen, Elisabeth. Wenn wir dich privatisieren … Alles wird gut werden … Vielleicht können wir eines Tages sogar ein Stück See – …

ELISABETH *(stirbt)*

(Vorhang)

Wolfi und Fritzi

»Wer die Tür auf der einen Seite zuschlägt, muss das Trommeln der Faust auf der anderen Seite spüren.«

ÖGB-Chef Fritz Verzetnitsch,
zitiert nach Kurier, 2. 5. 2003

(Kinderzimmer. Der kleine Wolfi sitzt auf dem Boden und spielt mit einem sehr schönen Spielzeugauto.
Die Tür geht auf. Wolfis Schulkollege Fritzi tritt ein. Er hält ein ebenfalls sehr schönes Spielzeugauto unterm Arm.)

FRITZI: Hallo, Wolfi.

WOLFI: Hallo, Fritzi.

FRITZI: Spielen wir?

WOLFI: Spielen wir.

(Fritzi setzt sich neben Wolfi. Sie spielen längere Zeit mit ihren Spielzeugautos.)

WOLFI: Gehen wir in den Garten Fußball spielen?

FRITZI: Gehen wir in den Garten Fußball spielen.

(Sie stehen, die Spielzeugautos liegen lassend, auf und gehen zur Tür. Wolfi lässt Fritzi den Vortritt. Kaum ist Fritzi draußen, schließt Wolfi die Tür hinter ihm und versperrt sie. Fritzi trommelt von draußen mit Fäusten dagegen. Wolfi geht ins Zimmer zurück, setzt sich auf den Boden, nimmt beide Spielzeugautos und lässt sie mit aller Kraft gegeneinander fahren.

Fritzi trommelt gegen die Tür.)

FRITZI: Wart nur, dir werd' ich's zeigen!

(Wolfi lässt, wie autistisch, mit der immer gleichen Bewegung die Spielzeugautos gegeneinander fahren. Sie brechen nach und nach auseinander.
Fritzi trommelt gegen die Tür.
Wolfi lässt die Spielzeugautos gegeneinander fahren.
Fritzi trommelt gegen die Tür.
Vierunddreißig Minuten, dann

Vorhang.)

Im Steirereck

(Wien im September 2002. Restaurant »Steirereck«. An verschiedenen Tischen neunundneunzig prominente Österreicherinnen und Österreicher. Ein Reporter der Zeitschrift »Format« und ein Fotograf betreten das Lokal. Der Fotograf fotografiert. Der Reporter blickt sich um, geht dann zu einem der Tische und bedeutet dem Fotografen, ihm zu folgen.)

DER REPORTER *(zu Stefanie Graf, Läuferin):* Wem werden Sie am 24. November Ihre Stimme geben?

STEFANIE GRAF, LÄUFERIN: Ich wähle die SPÖ. Alfred Gusenbauer ist ein Mensch mit wahnsinniger Intelligenz.

DER REPORTER *(zu dem am Nebentisch sitzenden Claus Raidl, Manager Böhler Uddeholm):* Und Sie?

KLAUS RAIDL, MANAGER BÖHLER UDDEHOLM: Ich bleibe der ÖVP treu.

(Die prominenten Österreicherinnen und Österreicher an den anderen Tischen werden aufmerksam.)

ROBERT »MAMA« HÖCHTL, BEKANNT AUS »TAXI ORANGE« *(zeigt auf):* Früher habe ich das LiF gewählt, jetzt werde ich vielleicht für die SPÖ stimmen oder doch für die Grünen.

GERHARD ZEILER, RTL-CHEF *(zeigt ebenfalls auf):* Ich wähle sicher die SPÖ.

ELISABETH T. SPIRA, DOKUMENTARFILMERIN *(zeigt fingerschnippend auf):* Ich bin eine Geburtslinke.

WERNER SCHNEYDER, KABARETTIST (*wachelt mit beiden Händen. Mit mächtiger Stimme):* Zur Wahl stehen (bis jetzt) drei Parteien und eine in sich unvereinbare, bis zur Groteske verlogene, medienterroristische »Bewegung«, deren –

ERNST KARL PLECH, IMMOBILIENHÄNDLER *(schreit dazwischen)*: Ich wähle weiterhin freiheitlich.

WOLFGANG SCHWARZ, MODELAGENTUR *(steht auf):* Ich bin noch unentschlossen, aber die ÖVP hat mir gut gefallen. *(Setzt sich.)*

HUBERT VON GOISERN, SÄNGER *(singt):* Ich wähle grün. Ich wähle grün.

ENGELBERT WENCKHEIM, OTTAKRINGER BRAUEREI *(stößt Hubert von Goisern, Sänger, zur Seite):* Ich werde den Herrn Wolfgang Schüssel wählen.

HUBERT VON GOISERN, SÄNGER (*versucht sich wieder vor Engelbert Wenckheim, Ottakringer Brauerei, zu drängen, singt):* Ich wähle grün. Ich –

PATRICK ORTLIEB, HOTELIER UND FPÖ-ABGEORDNETER *(versetzt Hubert von Goisern, Sänger, einen Faustschlag, dass dieser zu Boden geht):* In unserer Fraktion werden die Abgeordneten erst fixiert, es ist noch alles offen.

WERNER SCHNEYDER, KABARETTIST *(wachelt heftig mit beiden Händen. Mit mächtiger Stimme:):* – Bewegung, deren Einfrieren bis zur Reglosigkeit im Staatsinteresse –

HUBERT VON GOISERN, SÄNGER *(singt am Boden liegend):* Ich wähle –

ALFRED RIEDL, EIGENTÜMER JAQUES LEMANS UHREN *(stellt seinen Fuß auf Hubert von Goiserns, Sänger, Gesicht):* Ich kenn' den Jörgi und den Karl-Heinz sehr gut.

SONJA KLIMA, EX-KANZLERGATTIN *(tritt Alfred Riedl, Eigentümer Jaques Lemans Uhren, in die Kniekehle. Kokett):* Ich wähle weder schwarz noch blau.

GEORG DANZER, SÄNGER *(hat sich aus der Speisekarte ein Megaphon gebastelt):* Ich wähle grün.

ROBERT HARTLAUER, GESCHÄFTSFÜHRER HARTLAUER *(nimmt Georg Danzer, Sänger, das Megaphon weg):* Ich habe mich bereits entschieden, sage es aber nicht. *(Sie kämpfen um das Megaphon.)*

JÖRG WÖRTHER, KOCH *(hat eine anderthalb Meter hohe Kochmütze aufgesetzt):* Die Sozialisten sind jetzt sicher besser geworden, außerdem gibt es dort bekanntlich große Weinkenner.

HANS KRANKL, TEAMCHEF *(würgt Jörg Wörther, Koch):* Ich habe mich leider noch nicht entschieden.

ANDREAS MÖLZER, JOURNALIST *(stürzt sich auf Hans Krankl, Teamchef):* Leider kann man nur das geringste Übel wählen. *(Sie wälzen sich kämpfend am Boden.)*

KARL OBAUER, GASTRONOM *(wirft sich ins Getümmel):* Ich wähle die ÖVP, weil ich noch nie etwas anderes gewählt habe.

WERNER SCHNEYDER, KABARETTIST *(ist inzwischen auf einen der Tische geklettert. Mit mächtiger Stimme):* Unwählbar sind für mich jene, die abermaliges Anstreifen auch nur erwägen, jene, die müßigerweise zwischen »guten« und »bösen« Freiheitlichen unterscheiden wollen, jene, die immer noch nicht eingestehen wollen, dass der Ausflug auf dem vom Zuhälter längst nicht mehr kontrollierbaren Politstrich –

ANTAL FESTETICS, WILDBIOLOGE *(hebt den Tisch an, so dass Werner Schneyder, Kabarettist, zu Boden stürzt):* Ich bin ein Spontanwähler.

(Immer mehr prominente Österreicherinnen und Österreicher fallen übereinander her. Es entwickelt sich eine Massenrauferei. Monica Weinzettl, Schauspielerin, tritt vor den Fotografen.)

MONICA WEINZETTEL, SCHAUSPIELERIN *(entblößt ihre Brüste):* Ich weiß, wen ich wähle, möchte aber nicht sagen, wen.

MONIKA LANGTHALER, INTERNETUNTERNEHMERIN *(stellt sich neben Monica Weinzettl, Schauspielerin, und entblößt ebenfalls ihre Brüste):* Ich wähle natürlich die Grünen.

MICHAEL KÖHLMEIER, SCHRIFTSTELLER *(stellt sich zwischen Monica Weinzettl, Schauspielerin, und Monika Langthaler, Internetunternehmerin, und entblößt sich gänzlich):* Was ich sicher nicht wählen will, ist Schwarz-Blau.

(Die Massenrauferei nimmt immer gewalttätigere Formen an. Man hört Schmerzensschreie, dazwischen Rufe: »Ich wähle –«, »ich werde –«, »ich«, »ich«. Heinz Reitbauer, »Steirereck«-Chef, eilt, vom Lärm aufgestört, auf die Bühne.)

HEINZ REITBAUER, »STEIRERECK«-CHEF: Was geht hier vor?

DER REPORTER *(tritt zu ihm):* Wem werden Sie am 24. November Ihre Stimme geben?

HEINZ REITBAUER, »STEIRERECK«-CHEF: Ich will mich nicht in der Öffentlichkeit festlegen, denn zu meinen Gästen zählen Politiker aus allen Lagern.

(Der aus zahlreichen Wunden blutende Hubert von Goisern, Sänger, löst sich aus dem Menschenknäuel und wankt auf Heinz Reitbauer, »Steirereck«-Chef, zu.)

HUBERT VON GOISERN, SÄNGER *(singt mit schwacher Stimme):* Ich wähle grün. Ich wähle grün. *(Er bricht zusammen.)*

HEINZ REITBAUER, »STEIRERECK«-CHEF: Ist ein Arzt anwesend?

EINE STIMME AUS DEM MENSCHENKNÄUEL: Mein Name ist Johannes Huber, Facharzt AKH. Wen ich wähle, sage ich nicht, denn sonst verunsichere ich jene Patienten, die für eine andere Partei sind.

(Vorhang)

Material:
»Wer wen wählt – 100 prominente Österreicher über ihre persönliche Wahlentscheidung«, Format Nr. 39/2002

Jörg Haider spielt mit seinen Enkelkindern

Ort: Das hier
Zeit: Bald

(Sitzecke in einem Wohnzimmer. In der Bühnenmitte, dem Publikum zugewandt, Jörg Haider. Er hält sich einen leeren Sperrholzrahmen vors Gesicht.
Ihm gegenüber, im Bühnenvordergrund, mit dem Rücken zum Publikum auf einem Sofa sitzend, seine Enkeltochter und sein Enkelsohn.)

HAIDER: Und bin schon wieder da! Seht ihr mich?

DIE ENKELTOCHTER: Jaa!

HAIDER: Wisst ihr, wo ich jetzt war, Kinder? In Tripolis! Grawuzikapuzi!

DIE ENKELTOCHTER: Hahahahaha!

HAIDER: Und bin schon wieder weg! *(Duckt sich, den Sperrholzrahmen nun mit ausgestreckten Armen über seinem Kopf haltend.)*

DIE ENKELTOCHTER: Hahahahaha! *(Zum Enkelsohn, flüsternd:)* Jetzt du wieder.

HAIDER *(richtet sich auf und hält sich den Rahmen vors Gesicht):* Und bin schon wieder da. Seht ihr mich?

DER ENKELSOHN: Jaa!

HAIDER: Wisst ihr, wo ich jetzt war, Kinder? In Harvard! Grawuzikapuzi!

DER ENKELSOHN: Hahahahaha!

HAIDER: Und bin schon wieder weg! *(Duckt sich.)*

DER ENKELSOHN: Hahahahaha. *(Zur Enkeltochter, flüsternd:)* Du wieder.

DIE ENKELTOCHTER *(flüsternd):* Nein, das ist unfair. Ich hab' jetzt sieben Mal hintereinander, und du hast nur einmal.

DER ENKELSOHN *(flüsternd):* Ich halt' das nimmer aus.

DIE ENKELTOCHTER *(flüsternd):* Dann krieg' aber ich das ganze Bärental.

DER ENKELSOHN *(flüsternd):* Von mir aus. Aber der Porsche bleibt bei mir.

DIE ENKELTOCHTER *(flüsternd):* Okay.

HAIDER *(richtet sich auf):* Und bin schon wieder da. Seht ihr mich?

DIE ENKELTOCHTER: Jaa!

HAIDER: Wisst ihr, wo ich jetzt war, Kinder? In Bagdad! Grawuzikapuzi!

DIE ENKELTOCHTER: Hahahahaha!

HAIDER: Und bin schon wieder weg. *(Duckt sich.)*

DIE ENKELTOCHTER: Hahahahaha!

HAIDER *(richtet sich auf):* Und bin schon wieder da! Seht ihr mich?

DIE ENKELTOCHTER: Jaa!

HAIDER: Wisst ihr, wo ich jetzt war, Kinder? In Ried im Innkreis! Grawuzikapuzi!

DIE ENKELTOCHTER: Hahahahaha!

HAIDER: Und bin schon wieder weg. *(Duckt sich.)*

DIE ENKELTOCHTER: Hahahahaha!

(usw.)

(Vorhang)

Khol und Westenthaler vertreiben sich die Zeit

(Cafeteria des Parlaments. Große Stille. An einem der Tische die Clubobmänner Khol und Westenthaler.)

WESTENTHALER: Fad irgendwie, die Regiererei.

KHOL: Die Langeweile ist eine Tochter der Macht.

(Pause)

WESTENTHALER: Fad ist es trotzdem.

(Pause)

KHOL *(zieht Spielkarten aus der Innentasche seines Sakkos):* Spielen wir?

WESTENTHALER: Gern.

KHOL: Kannst du watten?

WESTENTHALER: Wenn du mir ein Wasser gibst. Aber ich denke, du willst Karten spielen.

KHOL *(nach kurzem Schweigen):* Siebzehn und vier?

WESTENTHALER: Einundzwanzig. Warum?

KHOL *(nach längerem Schweigen):* Was tätest denn du gern spielen?

WESTENTHALER: Lügen. Das muss lustig sein. Da habe ich einmal zugeschaut bei so Mittelschüler.

KHOL: Wie geht das?

WESTENTHALER: Einer legt eine Karte hin, verdeckt, und sagt zum Beispiel: Herz, und der andere kann das glauben oder nicht, und wenn er will, kann er aufdecken, und wenn der eine gelogen hat, gehören alle Karten ihm, und wenn er nicht gelogen hat, dem anderen, und wer als erster keine Karten mehr hat, hat gewonnen.

KHOL *(nach kurzem Schweigen):* Ich werd's schon verstehen. *(Er teilt.)* Fang an.

WESTENTHALER *(legt eine Karte hin):* Kreuz.

(Khol deckt die Karte auf: Herz. Er gibt die Karte Westenthaler.)

WESTENTHALER: Jetzt du.

KHOL *(legt eine Karte hin):* Karo.

(Westenthaler deckt die Karte auf: Kreuz. Er gibt die Karte Khol.)

WESTENTHALER: Ich wieder. *(Er legt eine Karte hin.)* Karo.

(Khol deckt die Karte auf: Pik. Er gibt die Karte Westenthaler.)

KHOL *(legt eine Karte hin):* Herz.

(Westenthaler deckt die Karte auf: Karo. Er gibt die Karte Khol.)

WESTENTHALER *(legt eine Karte hin):* Kreuz.

(Khol deckt die Karte auf: Pik. Er gibt die Karte Westenthaler.)

KHOL *(legt eine Karte hin):* Pik.

(Westenthaler deckt die Karte auf: Herz. Er gibt die Karte Khol.)

WESTENTHALER *(legt eine Karte hin):* Karo.

(Khol deckt die Karte auf: Herz. Er gibt die Karte Westenthaler.)

KHOL: Und das soll lustig sein?

WESTENTHALER: Ja.

KHOL *(legt eine Karte hin):* Herz.

(Westenthaler deckt die Karte auf: Karo. Er gibt die Karte Khol.)

WESTENTHALER *(legt eine Karte hin):* Pik.

(Khol deckt die Karte auf: Karo. Er gibt die Karte Westenthaler.)

KHOL *(legt eine Karte hin):* Kann es sein, dass wir das irgendwie falsch spielen?

WESTENTHALER: Nein. Sag schon.

KHOL: Herz.

(Westenthaler deckt die Karte auf: Kreuz. Er gibt die Karte Khol.)

WESTENTHALER *(legt eine Karte hin):* Karo.

(Vorhang)

Oberzeiring (Bester Shakespeare)

Personen:
Herr
Narr

(Oberzeiring/Stmk. Spät abends. Der Herr, schweigend, geht eine menschenleere Straße entlang, umtänzelt vom Narren.)

NARR:

War's nicht ein Meisterstück, war's nicht
der beste Shakespeare, sagt mir, Herr,
der momentan zu seh'n ist in den österreichischen Theatern?

HERR:

Der beste, ja, gewiss, der beste Shakespeare.

NARR:

Ich habe viel gelernt von Shakespeare,
seit ich ihn gesehen habe hier in Oberzeiring.
Besser dien' ich unsrer Sache nun, ich fühle fast,
wie in mir selbst der Narr verschwindet und
Verantwortung zu übernehmen es mich drängt.
War's nicht auch ein Meisterstück, wie ich dem Bondy
die Subvention gestrichen habe? Zwar: Dreihundert-
sechzigtausend sind als Summe lächerlich, dienten vorher
jenem wenig und entlasten das Budget nicht, doch in
Oberzeiring, wo, Ihr habt es selbst gesehn, der beste
Shakespeare –

HERR:

Der beste Shakespeare, ja. Doch sag mir, Narr,
wo ist nun das Hotel, von dem du sprachst?

NARR:

Da vorn gleich, gleich da vorn, am End' der Straße,
und gewiss ein allererstes Haus. Zwar kenn ich's nicht,
doch wurde mir versichert –

HERR:

Ich bin ein wenig müd' von der Pensionsdebatte.
Das Schweigen geht mir doch an die Substanz.

NARR:

Lasst drum an euer Statt mich sprechen, Herr, ich
bin noch Narrs genug, den kleinen Weg lang
euch zu unterhalten. Was Bondy ich nahm, die
lächerliche Summe, schädigt nicht das Festwochen-
programm.
Doch in Oberzeiring, Wörgl, Schruns-Tschagguns
liest man Dreihundertsechzigtausend anders.
In Oberzeiring, wo – Ihr wißt – der beste Shakespeare –

HERR:

Beste Shakespeare, ja, der beste Shakespeare.
Ruf ein Taxi.

NARR:

– wo der beste Shakespeare derzeit
wird gegeben, ist man, ich bin sicher, überzeugt,
dass dieser beste Shakespeare noch verbessert werden könnt'
mit jener Summe, die der Wiener Intendant
wutschnaubend fordert und zugleich als lächerlich bezeichnet.
Und größer werden wird durch mein Geschick der Hass
in Oberzeiring, Wörgl, Schruns-Tschagguns aufs rote Wien,
zum Wohle der Partei und der Regierung. Doch damit nicht
genug.

HERR:

Ein Taxi, Narr! Ruf mir ein Taxi!

NARR:

Taxi! Taxi! Gleich wird's hier sein, gleich.
Doch damit nicht genug. Ich ließ auch wissen,
dass die Intendanz verständigt worden sei
zur rechten Zeit, dass ich am zehnten Vierten
einen Brief geschrieben, die Entscheidung kundgetan.
Doch seltsam – ei, wie konnte das geschehen? –,
er traf erst ein am neunten Fünften! War es meine Schuld?
Deutlich war das Datum ja zu lesen auf dem Briefkopf:
Zehnter Vierter. Doch der Stempel war vom achten Fünften.
Meine Schuld war's nicht, es war die Post, Herr!
Einen Monat fast für einen Brief von Wien nach Wien,
ist es nicht unglaublich? Raschest ist Privatisierung
einzufordern, der Augenblick ist günstig, niemand wird,
wenn die Beförderung von Briefen so schlecht funktioniert,
Einwände haben. Ist es nicht ein Meisterstück?
Der Hass auf Wien geschürt, die Post privatisiert
durch einen einz'gen Brief, ist das nicht bester Shakespeare?

HERR:

Bester Shakespeare, ja. Doch will ich jetzt ein Taxi, Narr.
Gibt's denn kein Taxi hier in Oberzeiring?
Meine Beine tun mir weh und kein Hotel in Sicht.

NARR *(ruft):*

Taxi! Taxi! Gibt es denn kein Taxi hier in Oberzeiring?
Meinem Herrn tun schon die Beine weh! Ein Taxi!

HERR:

Taxi, schnell! Ein Königreich – nein, eine Republik
für ein Taxi!

(Vorhang)

Rilke bei Schüssel

(Jetzt. Büro des Bundeskanzlers Schüssel. Schüssel hinter seinem Schreibtisch. Die Tür wird geöffnet, Rilke tritt ein. Schüssel steht auf und geht ihm entgegen.)

SCHÜSSEL: Rilke! Ich begrüße Sie, wie schön, Sie hier zu haben.
Nehmen Sie doch Platz und trinken Sie ein Glas mit mir.

(Sie setzen sich. Schüssel schenkt zwei Cognac ein. Sie prosten, trinken. Nach einer kurzen Pause:)

SCHÜSSEL:

Nun, Rilke, wie Sie wissen, liegt in meiner Hand
nicht nur des Staates Führung, sondern auch der Kunst
Verwaltung. Deshalb ist mir sehr daran gelegen,
mit des Landes größten Geistern Dialog zu pflegen,
sie zu überzeugen, dass die Politik des wirtschaftlichen
Fortschritts,
so wie sie betrieben wird von mir und meinen Mitarbeitern,
Segen bringend ist für Österreich. Manchen schon zog ich
auf meine Seite, Pfabigan, Herrn Doktor Burger, die,
da stimmen Sie mir sicher zu, der Philosophen größte;
Maler auch und Musiker, Theaterdirektoren.

RILKE:

Sag mir, Herr, aus welchem Grund sprichst du in Versen?

SCHÜSSEL:

Ohne Absicht, Rilke, ohne Absicht. Seit mein Narr,
mein Morak mich nach Oberzeiring führte,
dort zu seh'n den besten Shakespeare,
kann, aus Gründen, die ich selber nicht versteh',
ich nicht mehr anders, muss in Versen sprechen.

Doch zur Sache: Einen Staat zu führen ist nicht einfach,
und da viele nicht durchschau'n die Größe
meiner Politik des wirtschaftlichen Fortschritts,
brauch' ich einen Mitarbeiter, der der Armut Schönheit
meinem Wählervolk entdeckt, das, frei von Visionen,
Utopien,
das Sinken nur beklagt des eignen Lebensstandards.
Philosophen, Maler taugen dazu nicht. Sie, Rilke, brauch'
ich,
einen Lyriker von Rang, der in der Lage ist,
den Armen jenen Mut zu machen, den Privatwirtschaft
so dringend braucht und der im Wort schon – »Armut«–
steckt.

RILKE *(sinnend)*: Armut ... Armut ... Hmm ... *(Beginnt zu dichten)* Denn Armut –

SCHÜSSEL: Den? Wieso? Die, muss es heißen! Armut Femininum!

RILKE: Denn Armut ist ...

SCHÜSSEL: Die Armut, Rilke! Armut immer Femininum!

RILKE *(ärgerlich)*: Lass, Herr, mich doch zu Ende sprechen!
(Pathetisch:) Denn Armut ist ein großer Glanz aus Innen ...

SCHÜSSEL *(nach einem kurzen Augenblick des Begreifens)*:
Ah, ich verstehe! Armut! Großer Glanz! Aus Innen!
Ausgezeichnet, Rilke, ausgezeichnet!
Denn Armut ist ein großer Glanz aus Innen!
Ja, genau! Das ist es, was wir brauchen
für die Politik des wirtschaftlichen Fortschritts!
Großer Satz, ganz großer Satz! Ich darf ihn doch verwenden?
Was, Rilke, wollen Sie dafür? Erlass
der Steuern? Geld? Ein Schloss in der Bretagne?

RILKE *(bescheiden):* Nicht viel ist, was ich will, ich wünsch' nur eins:
(Kniet nieder:) O Herr, gieb jedem seinen eignen Tod.

SCHÜSSEL *(baff):* Jedem seinen Tod? Nein, Rilke, nein.
Das wäre doch ein wenig übertrieben.

(Vorhang)

Material:
Rainer Maria Rilke, »Das Stundenbuch«, 1905

Bei Arbeiters

(Arbeiterwohnung in Wien. Herr und Frau Arbeiter beim Abendessen. Saure Wurst.)

HERR ARBEITER *(in einer Tageszeitung blätternd):* Schad' um den Verzetnitsch. Andererseits gut. Der Gusenbauer hat völlig recht: Dieser Rücktritt ist ein Zeichen der Größe der Persönlichkeit. Er hat sich nicht das Geringste zu Schulden kommen lassen.

FRAU ARBEITER: Warum tritt er dann zurück?

HERR ARBEITER: Eben deshalb. Ein Zeichen höchster politischer Verantwortung. Hätt' er sich was zu Schulden kommen lassen, wär' er nicht zurückgetreten, genau wie die anderen.

FRAU ARBEITER: Und was genau hat er nicht getan?

HERR ARBEITER: Nichts. Gerettet hat er. Die BAWAG. Das heißt, eigentlich wir. Er mit unserem Geld.

FRAU ARBEITER: Deswegen tritt man nicht zurück.

HERR ARBEITER: Nein. Aber er hat nicht gesagt.

FRAU ARBEITER: Warum? Wenn ich eine Bank rett', sag' ich.

HERR ARBEITER: Er hat nicht gewusst. Das heißt, gewusst hat er schon, aber zuerst nicht. Hätt' er gleich gewusst, hätt' er gesagt. Aber wie er gewusst hat, war's zu spät, hat er nicht mehr können sagen, hat er müssen retten.

FRAU ARBEITER: Versteh' ich nicht.

HERR ARBEITER: Na, was hätt' er sollen sagen? Dass er unser Geld nimmt zum Retten? Was, glaubst du, hätten wir gesagt? Finger weg, hätten wir gesagt. Es ist ihm nichts übrig geblieben, er hat nur können nicht sagen, dass wir nicht wissen, dass er kann retten, also wir.

FRAU ARBEITER: Ich find', er hätt' sollen weiter den Mund halten. Hätt' niemand gewusst, hätt' er nicht müssen zurücktreten.

HERR ARBEITER: Ja, so stellst du dir das vor! Aber so funktioniert das nicht in der Wirtschaft. Da herrschen andere Gesetze! Da geht es hart auf hart! Entweder du nimmst unser Geld oder die Bank geht pleite! Entweder du lasst dir was zu Schulden kommen, oder du trittst zurück! Entweder du sagst nicht, was du weißt, oder du weißt nicht, was du sagst! So ist das, meine Liebe! *(Schlägt mit dem Handrücken auf die Zeitung:)* Da, sogar der Veit Sorger ist traurig: »Mit Fritz Verzetnitsch geht ein verlässlicher Partner der Industrie!«

FRAU ARBEITER: Ich hab' gedacht, er war Gewerkschaftspräsident?

HERR ARBEITER: Du verstehst ja doch nichts.

(Vorhang)

Aufmarschplan

(Parteizentrale der SPÖ. Führende Funktionäre, unter ihnen der Parteivorsitzende Gusenbauer, der Bürgermeister von Wien Häupl und der Clubobmann Cap. Der Bundesgeschäftsführer Darabos erläutert sein Konzept für den 1. Mai-Aufmarsch.)

DARABOS: – kommen also zuerst die Eisenbahner, dann die Modelleisenbahner, dann die Arbeiterbriefmarkensammler –

CAP: Die gibt's noch?

HÄUPL: Werden sich schon welche finden.

DARABOS: – Gewerkschaftsmitglieder –

HÄUPL: Wird schwieriger.

DARABOS: – dann die »Winzer gegen Rechts« –

GUSENBAUER: »Spitzenwinzer gegen Rechts«!

DARABOS: – »Spitzenwinzer«, richtig. Dann eine Gruppe Musikanten aus der Karibik –

HÄUPL: Nicht das Mandolinenorchester?

DARABOS: Nein, Karibik. Die Wähler sollen wissen, dass was getan wird für ihr Geld. Dann kommt der Parlamentsclub und dann, ein bisschen abgesetzt, ihr beide –

HÄUPL: Ich zuerst!

GUSENBAUER: Ich!

DARABOS: – Schulter an Schulter. Und den Abschluss bildet die Parteijugend –

CAP: – und die singen »Dem Morgenrot entgegen«.

DARABOS: Nein, auch da haben wir reformiert, die singen *(singt:)* »Ich will die Unbequemlichkeit / und auch die Schwärmerei, / ich will verdammt sein zur Revolte / und zum Träumen frei. / Ich will die große Melodie, / die über alle Grenzen geht, / aus der neues Morgenrot / und Zuversicht entsteht. / Ich will, dass du – «

HÄUPL *(der begonnen hat mitzusummen):* Sehr schön. Ist das nicht von dem, der auch »Die Arbeiter von Wien« geschrieben hat?

CAP *(verstört):* Udo Jürgens?

GUSENBAUER *(ebenso verstört, zu Darabos):* Am 1. Mai?

DARABOS: Die Wähler sollen wissen, dass wir eine junge Partei sind.

(Vorhang)

Material:
Udo Jürgens, »Bis ans Ende meiner Lieder«

Die Verlierer

(Wien, Gaststätte »Zum Sieg«. Nahe Zukunft. An einem der Tische die Politiker der Österreichischen Volkspartei Schüssel und Khol, Weingläser vor sich. In der Mitte des Tisches ein mächtiger Krug Rotwein. Beide trinken, schenken nach, trinken, schenken nach, ununterbrochen, so als tränken sie, um zu vergessen, und es gelänge ihnen nicht. Mehrere Minuten, dann:)

SCHÜSSEL: So nahe dran ...

KHOL: So nahe, ja. So nahe dran.

SCHÜSSEL: Ein Lebenswerk. Mein Lebenswerk. Und nun ...

KHOL: Verpufft, vertan, vergeben. Ein Lebenswerk, auch meins.

SCHÜSSEL: So nahe dran! Und soviel aufgegeben, nur damit –

KHOL: Soviel paktiert, soviel gebogen!

(Pause. Sie trinken, schenken nach.)

SCHÜSSEL *(träumerisch):* Ich habe mich schon hängen sehn in unserm Parlamentsclub, Dollfuß gegenüber: »Wolfgang Schüssel, der Vernichter der Sozialdemokratie in Österreich«.

KHOL *(ebenso):* »Andreas Khol, die schwarze Faust in rote Gfrießer«.

SCHÜSSEL *(bitter):* Und jetzt? Wer hängt dort? Elsner!

KHOL *(ebenso):* Flöttl junior! Verzetnitsch! SPÖ-Gesockse! Es ist nicht gerecht.

SCHÜSSEL *(noch bitterer):* Gerecht! Gerechtigkeit! Mach dich nicht lächerlich! Sie war'n uns überlegen.

KHOL*:* Überlegen? Die? Niemals! *(Mit Donnerstimme:)* Gott hat es so gewollt!

SCHÜSSEL*:* Gott? Bist du sicher?

KHOL *(fest):* Gott hat es so gewollt!

SCHÜSSEL*:* Mag sein, ja … Gott … Auch er … Auch er eine richtige –

KHOL*:* Still! Man kann nie wissen.

(Sie trinken, schenken nach, trinken, schenken nach.
Vorhang)

Schüssel rasiert sich

(Badezimmer. Der designierte Exbundeskanzler Schüssel im Bademantel, das Gesicht voll Rasierschaum. Er beginnt, sich zu rasieren.)

SCHÜSSEL (*Gedankenstimme*): O blödes Volk! O blödes Land!
Ist das dein Dank? Soll mir von all den Jahren
ernsten Führens, schweren Schweigens
nichts andres bleiben als dies eine, dass ich,
spreche ich, nicht anders als in Versen sprechen kann,
nur weil mein Narr, mein Morak mich dereinst
nach Oberzeiring führte, dort zu seh'n den besten
Shakespeare?
Was ich für dich getan, was ich für dich gelitten,
indem ich mich, herauszuführen dich aus der
Umklammerung des Antichrist,
umgeben musst' mit Westenthalers, Haiders, Gorbachs,
dankst du's so mir?
Durch die Wahl des Gusenbauer und der andren roten
Gfrießer
(wie mein Khol sie trefflich nannte, der mich freilich auch
verlassen hat in schwerer Stunde), blödes Volk?
Doch warte nur! Glaub' nicht, ich würd' es dir so einfach
machen!
Noch bin ich hier, noch kann ich – au!

(Er hat sich an der Wange geschnitten. Blut tritt aus der Wunde.)

SCHÜSSEL *(den Rasierer hochhaltend)*:
Wie? Auch du, Gillette, willst nicht mehr folgen meiner
Führung?
Willst verletzen mich? Dich auf die Seite schlagen meiner
Feinde?
Mich versinken seh'n im Rot, und sei's des eig'nen Bluts?

O wie du irrst! Wie du mich unterschätzt!
Noch bin ich Kanzler, noch besitz' ich Macht!
Stirb, Verräterin! Dein Leben ist verwirkt!

(Er wirft den Rasierer in den Abfalleimer.
Vorhang)

Das Gespenst vom Bärental

(2073. Kärnten. Ein Kinderzimmer. Im Bett ein ca. fünfjähriger Knabe, die Decke über den Kopf gezogen. Auf einem Sessel neben dem Bett seine Mutter. Sie liest aus einem Sagenbuch.)

DIE MUTTER: »– und die Dirnen badeten in frisch gemolkener Milch, und der Fürst und seine Diener trieben schändlichen Missbrauch mit Butter und anderen Gottesgaben, und niemand gedachte mehr des Versprechens, das der Fürst einst gegeben hatte. Und kam einer der Knechte von den Feldern und forderte seinen gerechten Lohn, so jagten sie ihn fort, und kam einer der Bauern und führte Klage in der Sprache seiner Altvorderen wegen der grausamen Behandlung durch die Schergen des Fürsten, so verhöhnten sie ihn in ihrer Sprache und jagten ihn ebenfalls fort. Eines Tages aber, als ihr böses Treiben gar kein Ende nehmen zu wollen schien, verfinsterte sich der Himmel über dem Bärentale, und ein Blitz fuhr hernieder, und vor ihnen stand das Kasermandl. Es trat hin vor den Fürsten und sprach mit Donnerstimme: ›Unseliger! Reich habe ich dich beschenkt mit Gütern und dir Macht gegeben zu herrschen über die Bewohner des Landes! Du aber hast deine Macht missbraucht und nicht geachtet die Menschen und ihre Sprache. Darum ist dein Leben verwirkt, und zur Strafe für deine Frevel sollst du nicht ruhen in Frieden, sondern selber dir den Ort suchen müssen, an dem du die ewige Ruhe findest!‹ Und er berührte den Fürsten an der Schulter, und augenblicklich sank dieser nieder zu seinen Füßen und hauchte sein Leben aus. Noch heute aber kann man im Bärentale Nacht für Nacht das Gespenst des Fürsten umgehen sehen. Es trägt eine Tafel bei sich, auf der in blutroten Lettern geschrieben steht »Tod/Smrt«, die steckt es da und dort in den Boden, aber niemals findet es die richtige Stelle, immer wieder muss es sie herausziehen und verrücken, immer und immer wieder, bis auf den heutigen Tag.«

(Sie klappt das Buch zu. Stille. Sie schaltet das Licht ab und will das Zimmer verlassen.)

DER KNABE *(von unter der Decke):* Ist das wirklich wahr?

DIE MUTTER: Natürlich ist das wahr.

DER KNABE: Glaubst du, wird der Fürst irgendwann erlöst?

DIE MUTTER: Das weiß nur das Kasermandl. Schlaf jetzt.

(Pause)

DER KNABE: Lahko noč.

DIE MUTTER: Dir auch.

(Vorhang)

Nachrichten

(Österreich. Eine Zeitungsredaktion. Ein zu spät gekommener Mitarbeiter betritt die Redaktionsräume. Es herrscht große Hektik. Mitarbeiterinnen und Mitarbeiter eilen hin und her, Finger fliegen über Tastaturen. Der zu spät Gekommene versucht, eine der Mitarbeiterinnen anzuhalten.)

MITARBEITER: Was ist los? Hat der Haider eine Pressekonferenz gegeben? Hat sich die FPÖ gespalten?

MITARBEITERIN *(weiter eilend, über die Schulter):* In Neulengbach ist ein Fahrrad umgefallen!

MITARBEITER *(mit schreckgeweiteten Augen):* Ein Fahrrad! Neulengbach! Wahnsinn!

(Er stürzt zu seinem Arbeitsplatz und beginnt zu schreiben.)

(Vorhang)

Zwei Karrieren
Bühnenspiel in drei Akten

Personen:
Eins
Zwei

1. Akt

(Der Vorhang geht auf. Bühne und Licht neutral. EINS tritt von links auf. ZWEI tritt von rechts auf. Sie stellen sich einander vor. Gleichzeitig:

EINS: Eins, Hutmacher.

ZWEI: Zwei, Wutnehmer.

(Sie gehen in die jeweils entgegengesetzte Richtung ab.
Vorhang.)

2. Akt

(Der Vorhang geht auf. Wenig später. Bühne und Licht neutral. EINS tritt von links auf. ZWEI tritt von rechts auf. Sie stellen sich einander vor. Gleichzeitig:)

EINS: Eins, Mutmacher.

ZWEI: Zwei, Mutnehmer.

(Sie gehen in die jeweils entgegengesetzte Richtung ab.
Vorhang.)

3. Akt

(Der Vorhang geht auf. Wenig später. Bühne und Licht neutral. EINS tritt von links auf. ZWEI tritt von rechts auf. Sie stellen sich einander vor. Gleichzeitig:)

EINS: Eins, Wutmacher.

ZWEI: Zwei, Hutnehmer.

(Sie gehen in die jeweils entgegengesetzte Richtung ab.
Vorhang.)

Antonia Rados in Zeiten des Friedens

Eine Utopie

(Goldenes Zeitalter. Villacher Kirchtag. Im Bühnenvordergrund die Kriegsberichterstatterin Antonia Rados, Gesicht einer Kamera zugewandt. Sie spricht in ein Mikrofon. Ein großer, kräftiger, merkbar betrunkener junger Mann in Jeans und Trachtenjanker hat seinen Arm um ihre Schulter gelegt und redet auf sie ein.)

DER JUNGE MANN: I, vastehst –

RADOS *(atemlos, wie unter Feuer stehend):* Er, ob man verstehe.

DER JUNGE MANN: – i bin i.

RADOS: Er sei er.

DER JUNGE MANN: Und i, vastehst –

RADOS: Und er, ob man verstehe.

DER JUNGE MANN: – i muass jetz sachn.

RADOS: Er müsse nun urinieren.

(Der junge Mann lässt Rados los und entfernt sich. Rados blickt ihm nach. Nach wenigen Schritten bleibt der junge Mann stehen und hebt den Blick zum Himmel.)

DER JUNGE MANN *(laut, pathetisch):* Ich sache, olso bin ich.

RADOS *(blickt wieder in die Kamera):* Er uriniere, also sei er.

DER JUNGE MANN *(geht weiter. Vor sich hin):* Vastehst?

RADOS: Ob man verstehe.

(Vorhang)

Matthias Horx kommt in Form

(Büro. Der Zukunftsforscher Matthias Horx vor seinem Computer. Er schreibt und spricht mit.)

HORX: Einhundert Jahre lang war unser politisches System sauber in den Kategorien »Links« und »Rechts« geordnet. «Rechts« war, wer für nationale Politik, bleibende Werte, familiäre und religiöse Bindung, gewachsene Hierarchien und Besitzstände eintrat. »Links« war definiert durch die Anfechtung all dessen: Ent-Bindung von alten Normen, Be-Streiten der Eigentums- und Machtverhältnisse.

(Pause. Er liest das Geschriebene.)

HORX *(zu sich):* Gut.

(Er schreibt weiter und spricht mit, rascher als vorher.)

HORX: Derzeit erleben wir nun eine rasche, ja radikale Revision dieses Achsensystems. Aus Vor-Bestimmungen werden Selbst-Entscheidungen, aus lebenslangen Bindungen freiwillige Ver-Bindungen.

(Pause. Er liest das Geschriebene.)

HORX *(zu sich):* Sehr gut.

(Er schreibt weiter und spricht mit, sehr rasch.)

HORX: Es ist höchste Zeit für ein neues, liberales Pro-Jekt, das die Frage der Zu-Kunft konsequent auf die Tages-Ordnung setzt. Es gäbe viel zu ent-decken und zu ge-winnen: Eine neue Bürger-Gesellschaft. Eine Kult-Ur der solid-arischen

In-dividuen. Eine »Bio-Logie der Hof-Fnung«, in der nicht das Ge-Stern, sondern das Mor-Gen zum Maß-Stab unseres politischen Denkens wird.

(Pause. Er liest das Geschriebene.)

HORX *(zu sich):* Su-per!

(Vorhang)

Material:
Matthias Horx, »Lechts und Rinks«, Die Presse, 19. 4. 2003

Freundliches Österreich (Wahn und Wirklichkeit)

1. AKT: WAHN

(Richtstätte. Im Bühnenhintergrund ein Delinquent unterm Galgen, gefesselt, Schlinge um den Hals. Schaulustige. Im Bühnenvordergrund der österreichische Innenminister. Er hebt sein Weinglas.)

INNENMINISTER: Sollst leben!

(Die Klappe geht auf. Der Delinquent, wie sehr er sich auch dagegen zu wehren versucht, stürzt in die Tiefe, sein Genick bricht, er zappelt, stirbt. Jubel der Schaulustigen.)

(Vorhang)

2. AKT: WIRKLICHKEIT

(Flughafen. Im Bühnenhintergrund ein Transportflugzeug, Ladeklappe geschlossen. Davor eine Gruppe Menschen, gefesselt, Münder verklebt. Schaulustige. Im Bühnenvordergrund der österreichische Innenminister. Er gibt ein Interview.)

INTERVIEWERIN: Was geschieht nach dieser Gesetzesänderung mit jenen, deren Asylansuchen in erster Instanz abgewiesen wurden?

INNENMINISTER: Die laden wir ein, in ihre Herkunftsländer zurückzugehen, dort, wo sie hergekommen sind.

(Die Ladeklappe geht auf. Die Gefesselten, wie sehr sie sich auch zu wehren versuchen, werden von Polizeibeamten eingeladen. Die Klappe wird geschlossen. Das Flugzeug hebt ab. Jubel der Schaulustigen.)

(Vorhang)

Material:
Ö1-Mittagsjournal, 30. 9. 2002, Interview mit Innenminister Ernst Strasser

Die Zukunft der Vergangenheit

Gruselstück

1. Wien

(2005. Wien dem Erdboden gleich. Leichenhaufen. Suchscheinwerfer, Sirenen, Detonationen. Vor dem Belvedere weiden Kühe, gehütet von weinenden Trümmerfrauen. Der Boden ist übersät mit leeren McCare-Paketen mit der Aufschrift »Gut, dass es McDonald's gibt«. Über die ganze obere Bühnenhälfte ist ein Transparent gespannt: »Sponsored by EADS«.
Ein Jeep fährt vor, darin die Herren Lorenz – am Steuer –, Springer, Stocker und Schrempf, miteinander im Gespräch.)

STOCKER: Man soll sich ja nicht selber loben, aber ich muss sagen, da ist uns eine erstklassige Installation gelungen.

SPRINGER: Eine gespenstische Landkarte der Zerstörung.

LORENZ: Das geht nicht rein wie Schlagobers, mein Lieber.

STOCKER: Es ist genau, wie du sagst: Man muss auf die Leute zugehen. Mit allen Mitteln.

SCHREMPF: Welche Leute?

SPRINGER: Und das Beste: Die Steuerzahler kostet's keinen Groschen.

SCHREMPF: Welche Steuerzahler?

STOCKER: Hör auf zu meckern. Unser Projekt wendet sich an junge Menschen, denen bei »normalen« Rückschauen das Gähnen kommt.

SCHREMPF: Welche jungen Menschen?

SPRINGER *(ärgerlich):* Die noch da sind, haben jedenfalls was gelernt.

LORENZ *(pathetisch):* Man begreift Freiheit erst, wenn man die Unfreiheit kennt! *(Er gibt Gas.)*

(Vorhang)

2. Flaches Land

(Zur selben Zeit. Hauptplatz einer Kleinstadt irgendwo in Österreich. Ein Kranwagen fährt vor und stellt eine Kopie des Belvedere-Balkons in der Mitte des Platzes ab. Der Kranwagen fährt weiter. Fachlehrer Fetzer und Schüler der örtlichen Hauptschule treten auf.)

FETZER: Alstern, Abschlussprüfung. Appelbaum.

(Der Schüler Appelbaum tritt auf den Balkon.)

APPELBAUM: Österreich ist frei.

FETZER: Gut. Bählamm.

(Die Schülerin Bählamm tritt auf den Balkon.)

BÄHLAMM *(laut, pathetisch):* Österreich ist – frei!

FETZER: Sehr gut. Coburger.

(Die Schülerin Coburger tritt auf den Balkon.)

COBURGER *(wie Bählamm):* Österreich ist – orsch!

FETZER: Nicht genügend. Döderlein.

(Der Schüler Döderlein tritt auf den Balkon.)

DÖDERLEIN: Österreich ist dings, äh, frei.

FETZER: Befriedigend.

(Usw. bis Zuzler.)

(Vorhang)

Material:
»Das geht nicht rein wie Schlagobers«, zur Programmpräsentation für das »Gedankenjahr 2005«. Der Standard, 10. 11. 2004

Bioethikdebatte

(Fernsehstudio. Spiros Simitis. Eine Moderatorin.)

MODERATORIN: Herr Dr. Simitis, Sie sind Vorsitzender der deutschen Bioethikkommission. Wie stehen Sie zur sogenannten PID, der Präimplantationsdiagnostik?

SIMITIS: Ich bin dagegen. Es darf nicht sein, dass sich die Reichen dereinst ein Armani-Kind leisten können und sich die Armen mit einem Aldi-Kind zufrieden geben müssen.

MODERATORIN: Was haben Sie gegen Aldi?

SIMITIS: Nichts, ich meine nur –

MODERATORIN: Bei Aldi gibt es eine breite Produktpalette zu sehr moderaten Preisen.

SIMITIS: Gewiss. Ich wollte ja auch nicht –

MODERATORIN: Außerdem führt Aldi auch Bioprodukte. Schon aus diesem Grund sollte ein Bioethiker wie Sie sich nicht so herablassend über eines der führenden Unternehmen Deutschlands äußern.

SIMITIS: Ich wollte Aldi ja nur als Metapher –

MODERATORIN: Ich kaufe selbst sehr viel bei Aldi, obwohl ich nicht schlecht verdiene. Manchmal übrigens auch Wäsche. Erstklassige Qualität.

SIMITIS *(der Verzweiflung nahe)*: Verstehen Sie denn nicht? Was ich sagen wollte, ist, dass es nicht sein darf, dass sich eine reiche Frau, bildlich gesprochen, ein Armani-Kind leisten kann und –

MODERATORIN: Keine Frau würde das tun.

SIMITIS: Was?

MODERATORIN: Ihr Kind in Armani-Klamotten stecken und verhungern lassen.

SIMITIS: Wie kommen Sie auf so etwas?

MODERATORIN: Sie haben damit angefangen. Wie soll man bei Armani etwas zu essen bekommen? Ich besitze zwar selbst das eine oder andere Stück von Armani, aber meine Lebensmittel kaufe ich bei Aldi. Manchmal übrigens auch Wäsche. Und jede andere Frau würde das ebenso machen.

SIMITIS *(verzweifelt):* Ich wollte doch nur bildlich ausdrücken, dass es nicht sein darf, dass reiche Frauen –

MODERATORIN: Wovon Sie reden, Herr Doktor, sind nicht Frauen, sondern Luder. Paris Hilton würde ich so etwas zutrauen.

SIMITIS: Hören Sie, es geht hier nicht um Naddel oder sonstwen, sondern um PID!

MODERATORIN: Lenken Sie nicht ab! Für Sie ist wohl jede Frau ein Luder, wie?

SIMITIS *(springt wütend auf):* Ich werde mir das nicht länger anhören! *(Ab.)*

MODERATORIN *(ihm nachrufend):* Und die Bioethikkommission verlassen Sie am besten gleich auch, Sie Urzeitmacho!

(Vorhang)

Material: Wienerin, März 2002, Thema Biomedizin, Statement des Vorsitzenden der deutschen Bioethikkommission Spiros Simitis

Ein Utopist

(Wien, Dezember 2001. Straßenbefragung. Ein Interviewer. Ein Passant.)

INTERVIEWER: Wie stehen Sie zur Euro-Umstellung?

PASSANT: Positiv. Ich bin allerdings gegen den Cent.

INTERVIEWER: Warum? Der Cent ist doch nichts anderes als ein Hundertstel Euro.

PASSANT: Schon. Aber der Name. Völlig falsches Signal. Euro/ Cent, das hört sich ja an, als wären wir in einem Einkaufszentrum.

INTERVIEWER: Was wäre Ihr Vorschlag gewesen?

PASSANT: Pa. Ein Euro, hundert Pa. Sofort weiß man, auf welchem Kontinent man ist.

INTERVIEWER: Glauben Sie nicht, dass die meisten das auch so wissen?

PASSANT: Die meisten vielleicht, aber oft grad die nicht, auf die es ankommt. Unsere Wirtschaft ist ja globalisiert. Ein Konzernmanager kann zum Beispiel monatelang in Indien sein, plötzlich wird er von einem Tag auf den anderen nach Grammatneusiedl versetzt. Jetzt fragt sich der natürlich: Wo bin ich? Wo in aller Welt liegt Grammatneusiedl? Was also macht er? Er geht in ein Wirtshaus, isst ein Hendl, zahlt, acht Euro, vierundsechzig Pa – alles klar. Natürlich müssten die anderen Kontinente nachziehen.

INTERVIEWER: Sie meinen also, auch Afrika oder Asien sollten –

PASSANT: Nehmen Sie Bangkok. Warum er hinfliegt, weiß ein jeder, aber kaum einer, wo es liegt. Wenn aber die Frau dort sagt, mit kostet fünfundvierzig A, siebenundzwanzig Sien, ohne zweiundfünzig A, vierzehn Sien, begreift auch der Dümmste: Aha, Asien.

INTERVIEWER: Und in Amerika gäbe es demnach Ameri und Ka?

PASSANT: Ja. Anfangs noch Südameri und Nordameri, aber nach einer Übergangszeit nur noch Ameri und Ka. Das Endziel wäre natürlich ein Verschwinden der Kontinente, eine einheitliche Währung.

INTERVIEWER: Ein Glo, hundert Bus?

PASSANT: Zum Beispiel.

INTERVIEWER: Was wäre der Vorteil?

PASSANT: Jeder weiß, wo er ist.

(Vorhang)

Gesang der Berggeister über den Wassern

(Am Ufer eines Alpensees, am Fuß eines mächtigen Bergmassivs, der Zukunftsforscher Reiter in der Pose eines Predigers, Rücken zum Publikum. Prächtiges Herbstwetter, völlige Windstille. Aus unzähligen Lautsprechern, den ganzen Theatersaal füllend, Gesang der Berggeister, piano.)

REITER: Hört, ihr Kämme, Kare, Gipfel, Grate! Ihr Berge, hört! Wie es ist, kann es nicht bleiben. Die Tourismuswirtschaft befindet sich in einer Transformationsphase. Bisher erfolgreiche Konzepte greifen nicht mehr, die Marktbedingungen haben sich völlig verändert, die Konsumenten sind unglaublich hybrid und werden es in Zukunft noch mehr sein, mit anderen Worten: Bloßes Dastehen genügt nicht mehr. Der Winter wird in Zukunft ein Winter ohne Schnee sein, wir müssen umdenken und Produkte schaffen, die ohne Schnee funktionieren, Fun Tools, die keine Schneeunterlage benötigen.

(Gesang der Berggeister crescendo.)

REITER: Wir müssen euch dramatisch urbanisieren, um euch für die jungen Leute sexy zu machen. Was wir in Wien im 7. Bezirk an Szenelokalen haben, müssen wir in euch transferieren, Cottages renovieren, Gipfel inszenieren.

(Gesang der Berggeister forte.)

REITER: Über kurz oder lang hilft uns auch der Klimawandel, ja, der Klimawandel kann zum Viagra des lendenlahmen österreichischen Sommertourismus werden, vorausgesetzt –

(Gesang der Berggeister fortissimo. Eine Steinlawine löst sich, donnert talwärts und verschüttet Reiter. Gesang der Berggeister diminuendo.)

REITER *(von unter dem Geröll):* – vorausgesetzt es gelingt uns, schlimme Nebenerscheinungen wie Murenabgänge in den Griff zu bekommen.

(Gesang der Berggeister piano.

Vorhang)

Material:
»Crashkurs im Vatikan machen« – Interview mit dem Zukunftsforscher Andreas Reiter, Der Standard, 3. 10. 2005

In Babylon

(Straße vor dem babylonischen Turm. Ein Passant, das halbfertige Bauwerk betrachtend. Plötzlich springt aus einer Nische ein bewaffneter Räuber und verstellt ihm den Weg.)

DER RÄUBER: KOPF ODER ZAHL!

DER PASSANT: Pardon?

DER RÄUBER: KOPF ODER ZAHL!

DER PASSANT: Sie meinen wahrscheinlich GELD ODER LEBEN.

DER RÄUBER: KOPF ODER ZAHL!

DER PASSANT: GELD ODER LEBEN heißt das!

(Der Räuber schlägt ihm den Kopf ab und raubt seine Brieftasche.)

DER RÄUBER: Hätt'st 'zahlt, Trottel!

(Er geht ab. Arbeiter erscheinen. Der Turmbau geht weiter.

Vorhang)

Moses Neu

(Gelobtes Land. Im Bühnenhintergrund der Berg Sinai. Moses, herabgestiegen. Auserwähltes Volk.)

MOSES: Höret die Gebote und Rechte, die ich heute vor euren Ohren rede, und lernt sie und behaltet sie, dass ihr darnach tut! Der HERR, unser Gott, hat von Angesicht zu Angesicht mit euch aus dem Feuer auf dem Berge geredet. Ich stand zur selben Zeit zwischen dem HERRN und euch, dass ich euch ansagte des HERRN Wort; denn ihr fürchtetet euch vor dem Feuer und ginget nicht auf den Berg. Und er sprach:
Du sollst Karriere-Netzwerke schaffen und immer flexibel bleiben.
Du sollst immer offen sein für neue Herausforderungen.
Du sollst klare Visionen haben und daran arbeiten, diese zu realisieren.
Du sollst mit Begeisterung und Leidenschaft an die Arbeit gehen.
Du sollst nicht zu perfekt sein wollen und mit Kritik umgehen lernen.
Du sollst immer neugierig sein und dabei authentisch bleiben.
Du sollst eine gute Ausbildung absolvieren und immer zielstrebig sein.
Du sollst an dich selbst glauben, Menschen überzeugen und motivieren können.
Du sollst einen ausgeprägten Willen haben und ein Gespür für das richtige Timing.
Du sollst eine positive Lebenseinstellung und Mut zum Risiko haben.
Das sind die Worte, die der HERR redete auf dem Berge, aus dem Feuer und der Wolke und dem Dunkel, mit großer Stimme. So habt nun Acht, dass ihr tut, wie euch der HERR, euer Gott, geboten hat, und weicht nicht, weder zur Rech-

ten noch zur Linken, sondern wandelt in allen Wegen, die euch der HERR, euer Gott geboten hat, auf dass ihr leben möget und es euch wohl gehe und ihr lange lebt in dem Lande, das ihr einnehmen werdet.

(Pause.
Das Volk ratlos.)

MOSES: Und, übrigens: Er ist eine Frau.

(Das Volk erleichtert.
Vorhang)

Material:
»Zehn Gebote für Karrierefrauen«, News 38/2003
5 Mose 5

Diener Gottes

(Bei NEWS. Ein Diener Gottes in Ketten. Hinter ihm ein Hoher Priester. Volk.)

DER DIENER GOTTES *(wie visionierend):* Im Anfang war das Wort, und das Wort war bei Gott, und Gott war das Wort. Und siehe, aus dem Wort warden viele Worte. Und aus vielen Worten ward das Bild. Und aus dem Bild warden viele Bilder. Und aus vielen Bildern ward NEWS.
Und Gott betrachtete NEWS und sah, dass es gut war.
Und er sprach zu seinem Diener: «Gehe hin und zeige dich in NEWS so oft wie möglich, auf dass das Wort verbreitet werde unter den Menschen.«
Und sein Diener ging hin und zeigete sich in NEWS so oft wie möglich, auf dass das Wort verbreitet werde unter den Menschen. Und Gott sah es mit Zufriedenheit.
Es war aber Satanas gefahren in NEWS, und das bunte Magazin, durch das er so lange gesprochen hatte, verspottete nun den Diener Gottes und –

DER HOHE PRIESTER *(gibt ihm eine Ohrfeige. Zum Volk):* Dass dieser Mensch krank ist, dass ihm die sinnvolle Aneinanderreihung von Gedanken die größten Schwierigkeiten bereitet, kann jeder seit Tagen am Bildschirm sehen. Für das Image und die Institution der Kirche ist all das eine furchtbare Katastrophe. Dieser Mensch ist krank! (*Verstößt ihn.*)

(Vorhang)

Material:
Alfred Worm: »Kurt Krenn – Ein Rücktritt, bitte!«, News 29/2004
Evangelium nach Johannes,
Evangelium nach Lukas

Im Vatikan

(Büro Benedikts XVI. im Apostolischen Palast in Rom. Der Papst über Papiere gebeugt. Sein Sekretär tritt ein.)

SEKRETÄR: Eure Heiligkeit gestatten ... es ist von größter Wichtigkeit. Die Präsidentin der Salzburger Festspiele ersucht um einen Beitrag zum Mozartjahr. Sie schreibt, sie würde ihn dann der »Kronen Zeitung« exklusiv anbieten, und die »Kronen Zeitung« würde dies dankbar als großes Geschenk empfinden und am Dreikönigstag veröffentlichen.

BENEDIKT XVI: Ja, das ist freilich wichtig. Also, schreiben Sie: »Wenn in unserer Traunsteiner Pfarrkirche eine Messe von Schubert erklang, dann war mir, als stünde der Himmel offen. Schubert ist reine Inspiration, jeder Ton ist richtig und könnte –

SEKRETÄR: Pardon, Eure Heiligkeit, aber es handelt sich um Mozart. Schubert kommt erst 2034.

BENEDIKT: Na, dann schreiben Sie halt Mozart. Wenn's nur nicht der Bach ist, dieser Renegat.

(Vorhang)

Material:
Benedikt XVI, »Mein Mozart«, Kronen Zeitung, 6. 1. 2006

Im Pfarrcafé

(Karfreitag 2006. Pfarrcafé in Salzburg. Zwei Pfarrgemeinderäte mittleren Alters beim Rotwein. Der erste legt die Zeitung weg, in der er gerade gelesen hat.)

DER ERSTE: Jetzt haben sie das abgesagt, die Kreuzigung von dieser nackten Polin.

DER ZWEITE: Gott sei Dank. Ich wär' in meinen religiösen Gefühlen zutiefst verletzt gewesen.

DER ERSTE: Ich auch. Ich hab' sofort bei der Diözese angerufen, wie ich das Bild gesehen hab'.

DER ZWEITE: Ich hab' einen Leserbrief geschrieben.

DER ERSTE: Aber inzwischen frag' ich mich, ob das gescheit war. Ob wir nicht toleranter sein sollten mit der modernen Kunst. Wir sind keine Moslems. Ein selbstbewusstes Christentum müsst' so was aushalten.

DER ZWEITE: Du meinst, man hätt' es stattfinden lassen sollen?

DER ERSTE: Ja! Anschauen hätten wir es uns sollen! Dass man weiß! *(Er trinkt.)* Wär' sie eigentlich genagelt worden? Ans Kreuz, mein' ich.

DER ZWEITE: Nur gebunden.

DER ERSTE: Ach so. Na dann.

(Sie trinken.

Vorhang)

Salzburg 2006

(Salzburg zur Festspielzeit 2006. Früher Morgen. Über die gesamte Vorderfront des Großen Festspielhauses ein Transparent mit der Aufschrift »Martin Kusej – Die nackte Kanone 18/45«. Eine etwa tausendköpfige Menschenmenge, großteils ältere Damen und Herren, wartet vor dem Eingang. Alle sind nackt, nur die Damen tragen Handtaschen und Schmuck.)

PEPI *(winkt):* Joschi!

JOSCHI *(erblickt Pepi und tritt zu ihm):* Servus! Ihr also auch?

PEPI: Na, was bleibt einem übrig? »Die ersten fünfhundert Besucher, die nackt erscheinen, erhalten Freikarten.« In Wien kommen sie auf solche Ideen, und unsere machen es nach. Schön braun bist du.

JOSCHI: Ich war ein paar Tage in Aussee. Aber, sag ... Dass ihr euch ein Sprechstück anschaut ... Ihr geht doch sonst nur in die Oper?

PEPI: Die Gucki sagt, in diesem Fall ist es eine Verpflichtung.

JOSCHI *(blickt sich um):* Wo ist überhaupt die Gucki?

PEPI: Sucht die Pipsi. Und die Elli?

JOSCHI: Ganz vorn. Du kennst sie ja. Immer Angst, dass sie keine Karten kriegt.

PEPI: Na ja, bei dem Andrang ... Schön, dass so viele gekommen sind. Weil, ein bissl was Entwürdigendes hat es schon, oder?

JOSCHI: Im Ernstfall gibt es halt immer noch einen Schulterschluss.

PEPI: Gott sei Dank. Sonst hätten wir fünfzig Friseurinnen in der Premiere.

JOSCHI: Hundert Eisenbahner.

PEPI: Obwohl … Ein paar fesche Friseurinnen wären nicht schlecht, oder?

JOSCHI: Also bitte!

PEPI: Nein, Scherz. *(Zeigt in die Menge.)* Ah, schau, die Agi. Neue Haarfarbe. Steht ihr gut.

JOSCHI: Musst dir anschauen, was sie mit ihren Schamhaaren gemacht hat. Sehr elegant.

(Vorhang)

Material:
Wer zur Ausstellungseröffnung von »Die nackte Wahrheit« im Leopold Museum unbekleidet erschien, durfte kostenlos hinein. Vgl. Der Falter 31/2005.

Schneewittchen für Erwachsene

(Musicalbearbeitung)

Schloss.
Schneewittchen, Königin.

Schneewittchen wächst heran und wird immer schöner, und als es sieben Jahre alt ist, ist es so schön wie der klare Tag und schöner als die Königin selbst.

DIE KÖNIGIN *(gelb und grün vor Neid, singt):*

So jung schon eine Frau!
Das ist doch nicht zu fassen!
Und schöner noch als ich!
Ich will dich töten lassen.

Szenenwechsel. Wald.
Schneewittchen, Jäger.

Dramatische Musik. Der Jäger lässt den Hirschfänger, den er erhoben hat, um Schneewittchens unschuldiges Herz zu durchbohren, sinken. Schneewittchen läuft in den Wald. Ein junger Frischling kommt dahergesprungen. Der Jäger sticht ihn ab und nimmt Lunge und Leber heraus.
Maggie Entenfellner verlässt das Theater.

Szenenwechsel. Schloss.
Königin.
Die Königin isst voll Genuss in Milch gekochte Lunge und Leber.

DIE KÖNIGIN (*singt mit vollem Mund*):

Ein Beuscherl vom Töchterl,
Ein Leberl, ein kleines,
und dazu ein Achterl,
ei, das ist was Feines.

Paul Bocuse verlässt das Theater.

Szenenwechsel. Haus der sieben Zwerge.
Schneewittchen, die sieben Zwerge.
Schneewittchen schläft im Bett des siebenten Zwergs. Die Zwerge umstehen es.

DIE ZWERGE *(im Chor, in großer Freude):*

Ei du mein Gott!
Ei di ei du mein Gott!
Ei di ei du ei di ei du
ei di ei du mein Gott!

Sie lassen Schneewittchen schlafen und gehen selbst zu Bett. Der siebente Zwerg schläft bei seinen Gesellen, bei jedem eine Stunde.
Bischof Krenn verlässt das Theater.

Szenenwechsel. Prunksaal im Schloss des Prinzen.
Schneewittchen, Prinz, Königin, Dienerschaft.
Hochzeitsvorbereitungen. Heitere Musik. Die Königin erkennt Schneewittchen. Vor Angst und Schrecken steht sie da und kann sich nicht regen. Eiserne Pantoffeln werden über Kohlenfeuer gestellt, dann mit Zangen hereingetragen und vor sie hingestellt. Sie muss in die rotglühenden Schuhe treten und so lange tanzen, bis sie tot zur Erde fällt.

Der Vorhang geht zu.

Drückende Stille.

DIE INTENDANTIN *(ist aufgestanden. Zu den verbliebenen Zuschauern):* Niemand verlässt das Theater!

Vorhang

Material:
Brüder Grimm, »Sneewittchen«

Burgtheater

(Kaffeehaus. Drei ältere, elegant gekleidete Damen. Die erste legt die Zeitung weg, in der sie gelesen hat.)

DIE ERSTE *(entsetzt):* Der Bachler geht.

DIE ZWEITE: Wer?

DIE ERSTE: Der Bachler.

DIE ZWEITE: Ach, der Bachler! Schade. Grad hat man sich angefangen zum Gewöhnen.

DIE ERSTE: Und? Wer glaubst du wird jetzt?

DIE ZWEITE: Hoffentlich nicht dieser Peymann.

DIE ERSTE: War der nicht schon? *(Zur dritten:)* War der Peymann nicht schon?

DIE DRITTE: Ich glaube schon.

DIE ERSTE: Siehst du, der war schon. *(Zur dritten:)* Was glaubst du, wer wird?

DIE DRITTE: Blunzen.

DIE ERSTE *(schüttelt den Kopf):* So weit sind wir noch nicht, dass sie einen Tschechen holen.

DIE DRITTE: Ich meine: Wurscht.

DIE ERSTE: Kenne ich nicht. Ich tippe auf den Brandauer.

DIE ZWEITE: Ist der nicht ein bissl gar links?

DIE ERSTE: Du meinst den Heller.

DIE ZWEITE: Bloß nicht! Dann noch lieber diesen Wurscht.

DIE DRITTE: Ich glaube, der Haeussermann wird.

DIE ERSTE: Der war doch auch schon, oder?

DIE ZWEITE: Leider, ja. Alle die was wären, waren schon.

DIE ERSTE: Der Wildgans.

DIE ZWEITE *(verträumt):* Wildgans …

DIE DRITTE: Lebt der überhaupt noch?

DIE ERSTE: Ich weiß nicht. Jedenfalls war er schon.

DIE DRITTE: Na und? Vielleicht wird er ja wieder.

(Vorhang)

Der neue Walser

(Kaffeehaus in Wien. Zwei Schriftsteller mittleren Alters und Bekanntheitsgrads.)

DER ERSTE: Ich habe den neuen Walser gelesen. Grauenhaft.

DER ZWEITE: Mir hat er gut gefallen.

DER ERSTE: Nein. Er wird von Buch zu Buch schwächer. Ich fand schon »Ein wieherndes Pferd« mehr als matt.

DER ZWEITE: »Fliehendes Pferd«. Nicht sein Bestes, ja.

DER ERSTE: »Ein brunzender Springer«, öd, öd, öd.

DER ZWEITE: Das habe ich wieder gemocht.

DER ERSTE: Ein elender Dichter.

DER ZWEITE: Kenne ich nicht.

(Vorhang)

Der verlorene Sohn

(Mäßig besuchtes Theater. Auf der ansonsten leeren Bühne der ehemalige Chef der »Kärntner Kirchenzeitung«, spätere Leiter des Medienressorts der »Presse«, Chefredakteur der »Berliner Zeitung« und des »Stern«, derzeitige Chefredakteur und Geschäftsführer der netzeitung.de mit Sitz in Berlin, Michael Maier. Er spricht in ein Mikrophon. Im Bühnenhintergrund eine Diaprojektion: Maier in einem Flugzeug, in ein Diktiergerät sprechend.)

MAIER *(zornig, bitter):* Ich habe Österreich verloren. Wenn ich in Österreich bin, erfüllt mich das mit Zorn. Liegt es an mir? Wie kommt es aber, dass, sobald das Flugzeug wieder in der Luft ist, der Zorn verraucht? Liegt es an mir? Das Österreich, an dem mir liegt, gibt es nicht mehr. Ich empfinde, wenn ich jenseits der Grenzen bin, keinen Zorn und keine Bitterkeit. Ich betrachte das Land aus der Ferne *(neues Dia: Maier in einem Café in Oslo, in ein Diktiergerät sprechend)*; wenn ich durch die unendlichen, namenlosen, schneebedeckten Berge Norwegens fahre, wo sich die grün-schwarzen Fjorde geduldig ins Landesinnere fräsen und vom stürmischen Meer erzählen *(neues Dia: Maier in einem Café in Tel Aviv, in ein Diktiergerät sprechend)*; wenn ich am Strand von Tel Aviv Minzenlimonade trinke, den würzigen Duft aufsauge und über das Mittelmeer blicke und am anderen Ende nichts anderes sehe als die Erinnerung, jenes Ende, wo das Meer einmal an Österreich anschlug *(neues Dia: Maier in einem Café in Berlin, in ein Diktiergerät sprechend)*; wenn ich in Berlin in der Kantstraße beim kleinen Libanesen sitze, der mir frischen Tabuli-Salat bringt, so frisch, als wüchsen die Zedern des Libanon im Tiergarten *(neues Dia: Maier in einem Café in London, in ein Diktiergerät sprechend)*; wenn ich in der Londoner National Gallery vor dem obszönen Bild »Venus und Cupido« von Bronzino stehe, rosa-weiße, üppige, verspielte Körper vor blauem Himmel, als könnte man die Welt schönmalen und die Menschen und ihre Gefühle *(neues Dia: Maier in einem Gasthof irgendwo im Brandenburgischen, in ein Diktiergerät sprechend)*; selbst in der kargen, wilden Schönheit Brandenburgs, wo ein See in den anderen übergeht, nur selten durchschnitten von einem Fischerboot, wo Vögel kreischen wie sonst nur in Afrika und wo die Stille absichtslos ist. *(Neues Dia: Maier in einem Café in Wien, in ein Diktiergerät sprechend. Etwas lauter:)* Ich habe Österreich verloren, und ich empfinde, wenn ich jenseits der Grenzen bin, keinen Zorn und keine Bitterkeit. Liegt es an mir? *(Kurze Pause, dann mit vor Zorn und Bitterkeit brechender Stimme:)* Ich bin Michael Maier. *(Er verneigt sich. Der Vorhang im Theater fällt. Höflicher Applaus.)*

EIN ZUSEHER: Sehr poetisch. Aber schwierig, schwierig … Tabuli-Salat … Nie gehört.

SEINE GATTIN: Geht mir auch so. Wenn du mich vorher gefragt hättest, Bronzino, ich hätte gesagt, ein Fisch.

DER ZUSEHER: Er kommt halt viel herum, nicht nur immer Sopron und Bratislava.

DIE GATTIN: Ich glaube eher, er will ausdrücken, dass wir keine Kultur haben. Deswegen hat er ja Österreich verloren.

DER ZUSEHER: Jaja … Naja … wird's schon wieder finden.

(Vorhang)

Material:
Michael Maier, »Die Rückkehr«, Die Presse/Spectrum vom 8. 1. 2004

Alpenländisches Interview

Im Andenken an Otto Grünmandl

INTERVIEWER: Meine sehr geehrten Damen und Herren, bei uns zu Gast ist heute ein Schriftsteller aus dem alpenländischen Raum, dessen erster Roman »Verschwundene Alpen« zu einem Sensationserfolg wurde. Grüß Gott, U. L. Bäck.

BÄCK: Fuck die Ålpen!

INTERVIEWER: Herr Bäck, in Ihrem Buch geht es, wie der Titel schon sagt, um das Verschwinden der Alpen. Sie prognostizieren, dass es in zwanzig Jahren die Alpen nicht mehr geben wird, und zwar –

BÄCK: – wegen die Weiber.

INTERVIEWER: »Wegen der Deformation der weiblichen Sexualität«, wie es im Roman heißt.

BÄCK: Das wollt' der Lektor so. Ich sag', wegen die Weiber. Früher haben die Weiber im alpenländischen Raum eine ganz natürliche Sekschualität gehabt. Ganz natürlich hat es sie hingezogen zum Schilehrer, zum Bergführer. Und so sind wieder Schilehrer entstanden und Bergführer, Hilfsschilehrer auch, Liftwaschl, die muss es ja auch geben. Die Berge haben Sinn gehabt. Aber dann haben sich die Weiber genetisch verändert. Die wollten nur noch Schlagersänger, Induschtrielle und so. Die natürliche Sekschualität is' verschwunden, mit ihr der Schilehrer, mit ihm die Ålpen.

INTERVIEWER: Und deswegen gibt es im alpenländischen Raum in zwanzig Jahren keine Berge mehr?

BÄCK: Berge schon. Berge kann man ja nicht einfach wegtun. Aber man sieht sie nicht mehr. Zuerst sieht man sie noch, dann werden sie verschwommen, dann verschwinden sie. Ich habe das beobachtet.

INTERVIEWER: Sie waren, bevor Sie zu schreiben begonnen haben, selbst Schilehrer.

BÄCK: Und Bergführer.

INTERVIEWER: Zuerst verschwindet die Sexualität, dann die Alpen?

BÄCK: Ja.

INTERVIEWER: Aber in Ihrem Roman ist die Sexualität nicht verschwunden. Das Buch wurde ein so großer Erfolg auch wegen –

BÄCK: Fünfhundert Stückln! Fünfhundert Stückln allein in Innsbruck!

INTERVIEWER: – auch wegen der expliziten Darstellung sexueller Vorgänge zwischen dem Schilehrer und der Kristallprinzessin.

BÄCK: Wie's halt sind, die Weiber.

INTERVIEWER: Ihr neuer Roman, »Alpen verloren«, soll im Frühjahr erscheinen.

BÄCK: Mindeschtens dreitausend Stückln, mindeschtens!

INTERVIEWER: Der Inhalt? Ungefähr?

BÄCK: Fuck die Ålpen!

INTERVIEWER: Sie nennen sich als Autor U. L. Bäck. Verraten Sie unseren Hörern Ihren richtigen Namen?

BÄCK: Hubert Rupert Bäck.

INTERVIEWER: Hubert Rupert?

BÄCK: Hubert Rupert.

INTERVIEWER: Aber das wäre dann eigentlich –

BÄCK: U. L.

INTERVIEWER: H. R.

BÄCK: U. L.

INTERVIEWER: Aber Hubert Rupert, das ergibt –

BÄCK: U. L. U. L. Bäck.

INTERVIEWER: Danke für das Gespräch.

Applaus

(Kaffeehaus. An einem der Tische zwei jüngere Theaterkritiker. Der erste hat eben den Entwurf einer Kritik des zweiten zu Ende gelesen.)

DER ERSTE: Gelungen. Nur: »Kräftiger Applaus, durchsetzt mit vereinzelten Buhs«, das stimmt nicht. Kräftiger Applaus, durchsetzt mit vereinzelten Buhs, das wäre so: *(Er klatscht kräftig.)* Buh, buh, buh, buh. Gestern war es aber anders, gestern war es so: *(Er klatscht donnernd.)* Buh … buh … buh.

DER ZWEITE: Donnernder Applaus, dazwischen das eine oder andere Buh? Nein, so war das nicht.

DER ERSTE *(klatscht matt):* Also, matter Applaus war es jedenfalls sicher nicht.

DER ZWEITE: Das sage ich ja nicht. Aber es war maximal rauschender Applaus. *(Er klatscht rauschend.)*

DER ERSTE: Und die Buhs? Buh! Buh!

DER ZWEITE *(klatschend):* Die Buhrufer waren in der Minderzahl.

(Ein Kellner tritt an ihren Tisch.)

DER KELLNER: Meine Herren, ich muss Sie bitten, das Klatschen zu unterlassen. Die anderen Gäste beschweren sich.

DER ZWEITE: Buh!

DER ERSTE *(klatscht und hört trotz mehrfacher Ermahnung nicht damit auf, bis er schließlich vom Kellner aus dem Lokal gezerrt wird. An der Tür, nach hinten rufend):* Schreib: Nicht enden wollender Applaus ließ die Buhrufer schließlich verstummen.

DER ZWEITE *(schreibt)*

(Vorhang)

Im Ferienlager

»Sehr geehrter Herr Professor Botz! [...] Sie haben eindeutig klargestellt, in Ihrem Lager ist Österreich. Nun bitte ich Sie, mir abschließend die Frage zu beantworten: In welches Lager kommen solche wie ich?«

(Robert Menasse, »Wahrhaftig österreichisch!« Der Standard, 19. 2. 04)

(Seeufer. In einem Liegestuhl, bei der Lektüre einer international angesehenen europäischen Tageszeitung eingenickt, Robert Menasse. Ein Animator tritt neben ihn, räuspert sich, immer lauter werdend, bis Menasse aufwacht.)

DER ANIMATOR: Tut mir leid, dass ich störe. Es ist wegen dem Programm am Nachmittag. Wir bieten an Extremklettern mit Reinhold Messner, Extremdenken mit Dr. Burger und Extremwortspiel mit Ihnen selber.

MENASSE: Ich nehme das Wortspiel.

DER ANIMATOR: Da wären aber vierunddreißig Euro Unkostenbeitrag ...

MENASSE: Das geht in Ordnung.

(Vorhang)

Robert und Elfriede

(Festsaal im Hotel Marriot. Wenig Publikum. Über einem Rednerpult ein Transparent: »Die Presse-Literaturgespräch«. Die Redakteurin Male tritt ans Rednerpult.)

MALE: Herzlich willkommen, meine Damen und Herren, zum »Presse«-Literaturgespräch. Elfriede Jelinek hat dieser Tage den Literatur-Nobelpreis erhalten, und wäre nicht sie die Preisträgerin gewesen, der Preis selbst wäre wohl in jedem Fall nach Österreich gegangen, sei es an Peter Handke, sei es an Elfriede Mayröcker. Eine Vielzahl von international bedeutenden Autorinnen und Autoren hat Österreich derzeit vorzuweisen, denken Sie an Robert Schindel, Robert Menasse, Robert Gestrein, Robert Schneider oder an Elfriede Aichinger, Elfriede Gerstl oder Elfriede Streeruwitz. Auch aus der jüngeren Generation haben viele schon auf sich aufmerksam gemacht, der Bachmann-Preisträger Franzrobert beispielsweise, der Krimiautor Rob Haas, aber auch Robert Kehlmann, Elfriede Röggla oder Heimito von Glavinic. Ist das Zufall? Oder ist es eine direkte Folge der großzügigen österreichischen Literaturförderung und damit ein Verdienst der Steuerzahler? Ich darf nun das Wort in berufenere Hände legen und begrüße zu diesem Thema Herrn Staatssekretär Oskar Morak.

(Applaus. Morak tritt ans Rednerpult.
Vorhang)

Material:
Eva Male, »Es schwebt mir noch radikaler vor – Elfriede [sic!] Mayröcker im Gespräch«, Die Presse, 16. 12. 2004

Der Witzwiederholer

(Wirtshaustisch. Zwei Männer mittleren Alters. Zwei Krügel Bier.)

DER ERSTE: Den finde ich großartig, wo eine Blondine mit ihrem Freund in der Badewanne sitzt und sagt, ist das wahr, dass ich ertrinken muss, wenn du den Finger rausnimmst.

DER ZWEITE *(lacht):* Der ist sehr gut.

DER ERSTE: Schon, oder? Eine Blondine sitzt mit ihrem Freund in der Badewanne, und auf einmal sagt sie, ist das wahr, wenn du den Finger rausnimmst, muss ich ertrinken. Den finde ich echt – …

DER ZWEITE *(lacht)*

(Kurze Pause)

DER ERSTE: Man muss sich das vorstellen, die sitzen in der Badewanne, und auf einmal sagt sie … *(Lacht.)*

DER ZWEITE: Den merke ich mir.

DER ERSTE: Obwohl, ein bissl frauenfeindlich ist er schon, oder?

DER ZWEITE: Schon.

DER ERSTE: Aber: Eine Blondine sitzt mit ihrem Freund in der Badewanne und sagt, muss ich ertrinken, wenn du den Finger rausnimmst, da ist was dran.

DER ZWEITE: Ja.

DER ERSTE: Ich mag sonst Blondinenwitze nicht.

DER ZWEITE: Ich auch nicht.

DER ERSTE: Aber der hat was, oder? Der ist echt witzig.

DER ZWEITE: Schon.

DER ERSTE: Allein die Ausgangssituation: Die sitzen in der Badewanne und –

DER ZWEITE *(ruft in den Bühnenhintergrund):* Zahlen!

DER ERSTE: – und sie sagt, ist das wahr, dass ich ertrinken muss, wenn – … Es ist so krank! *(Lacht.)*

(Ein Kellner erscheint.)

DER ERSTE *(zum Kellner):* Kennen Sie den, wo eine Blondine –

DER KELLNER: Nein.

DER ERSTE: Eine Blondine sitzt mit ihrem Freund in der Badewanne, und auf einmal sagt sie, ist das wahr, dass –

DER KELLNER: Nein.

DER ERSTE: – dass ich ertrinken muss, wenn du den Finger rausnimmst?

DER KELLNER: Nein.

DER ERSTE: Also, eine Blondine sitzt mit ihrem Freund in der Badewanne, und auf einmal –

(Vorhang)

Frisch gekocht

(Fernsehstudio, darin Wirklichkeit. Ein Restaurant. Ein Gast. Ein Kellner.)

GAST: Das süße Parfait vom steirischen Kürbiskernöl an Ingwerpralinen auf Schilchersektschaum, ist das frisch gekocht?

KELLNER: Selbstverständlich. Grad fertig geworden ist auch ein süßsaures Parfait vom steirischen Kürbiskernöl an Ingwerpralinen auf Schilchersektschaum.

GAST: Nein, lieber das süße. Ein süßes Imparfait vom steirischen Kürbiskernöl an Ingwerpralinen auf Schilchersektschaum werden Sie wahrscheinlich nicht haben, oder?

KELLNER: Frisch nicht. Aber ein burgenländisches Kürbiskernöl statt dem steirischen könnte ich Ihnen anbieten.

GAST: Nein, ich bleibe beim süßen Parfait vom steirischen Kürbiskernöl an Ingwerpralinen auf Schilchersektschaum.

KELLNER *(schreibt):* Einmal süßes Parfait vom steirischen Kürbiskernöl an Ingwerpralinen auf Schilchersektschaum.

GAST: Obwohl ... Ingwerpralinen ...Liebstöcklkonfekt haben Sie keines?

KELLNER: Leider aus. Aber ich könnte Ihnen einen erstklassigen Uhudlersud –

GAST: Nein, nein. Süßes Parfait vom steirischen Kürbiskernöl an Ingwerpralinen auf Schilchersektschaum, das passt schon.

(Der Kellner entfernt sich.

Pause.

Der Kellner erscheint mit einem Teller, den er dem Gast hinstellt.)

KELLNER: Einmal süßes Parfait vom steirischen Kürbiskernöl an Ingwerpralinen auf Schilchersektschaum, bitte sehr, der Herr.

GAST *(nach einer kurzen Pause, angewidert):* Das soll ein süßes Parfait vom steirischen Kürbiskernöl auf Schilchersektschaum sein?

KELLNER*:* Frisch gekocht.

GAST: Und wer bitte soll das fressen?

(Vorhang)

Material:
Frisch gekocht«, ORF 2, 9. 8. 2004.
Rezept unter kundendienst.orf.at/sendungsinfos/frischgekocht/40308_rezept.html–9k–8.Aug.2004-

Hirnkauf

Problemstück

(Freitag Vormittag. Eine ältere Frau mit Einkaufskorb auf dem Weg zum Karmelitermarkt.)

DIE FRAU *(Gedankenstimme):* Hirn mit Ei… Schnapsidee… Aber unbedingt… Einmal im Jahr Hirn mit Ei… Muss sein… Ich sag' ihm, ungesund, massenhaft Cholesterin, aber er, einmal im Jahr, da macht das nichts… Ich sag' ihm, ich hol's beim Merkur, beim Merkur gibt's meistens Hirn, aber er, kommt nicht in Frage, Innereien nur vom Herrn Gernot… Ich sag, Nierndln, Nierndln magst du auch gern, Nierndln sind auch ungesund, ich hol' dir Nierndln, aber er, keine Nierndln, Nierndln sind zwar gut, aber ich will Hirn mit Ei… Vom Herrn Gernot… Er hat ja keine Ahnung vom Herrn Gernot… Von dem seinen Witzen… Der is' ja nicht einfach ein Fleischhauer, der is' ein Schauspieler… Ein Kabarettist is' der, ein Düringer des Metzgerwesens… Und dann kauf' ein Hirn bei dem… Ein Drama, jedes Jahr… Grüß Gott, ich brauchert ein Hirn… So hat's angefangen… Denkt sich niemand was dabei… Aber der Herr Gernot: Soso, ein Hirn brauchen S'. Haben S' selber keins? … Ein Lachschlager… Im Jahr drauf habe ich probiert, grüß Gott, Herr Gernot, haben Sie ein Hirn? … Er: Ich schon, aber Sie brauchen eins, hab' ich recht? … Man is' verloren… Hirn mit Ei, Schnapsidee… Kauf's dir selber, hätt' ich sagen sollen… Aber geht ja nicht… Kann ja nicht einkaufen… Kommt mit einer Margarin', wenn ich ihn um eine Butter schick'… Mit einer Gans, wenn ich ein Hendl brauch'… Und regt sich noch auf, dass alles so teuer is'… Aber Hirn mit Ei… Ich hab' alles probiert… Jedes Jahr was anderes… Jedes Jahr ein Fiasko… Das Hirn schaut schön frisch aus, hab' ich gesagt, und der Herr Gernot: Frischer als Ihres dürft's sein… Ich hab' gesagt: Ich möcht' Hirn mit Ei kochen und hätt' gern die nötigen Zutaten… Total blöd, aber ich hab' gedacht, da kann nix passieren… Sagt die Kunde hinter mir, ja wissen Sie denn nicht, dass der Herr Gernot keine Eier hat… Und der Herr Gernot, *(im Falsett:)* Sie sind wirklich indiskret… Und Bruhaha… Das war überhaupt das Ärgste… Völlig fertig danach, zwei Nächte nicht geschlafen… Nein, ich mach' das nimmer mit… Wenn ich vielleicht doch zum Merkur… Nein, das merkt er… Innereien nur vom Herrn Gernot… *(Sie ist vor dem Stand des Herrn Gernot angekommen und stellt sich an. Weiter Gedankenstimme:)* Ich könnt' sagen, ein Schweinshirn… Nein, das geht auch nicht… Kann ich mir schon vorstellen… Glauben S', dass S' dann g'scheiter werden? … Oder ich tu', als ob mir das Wort nicht einfallen würd'… Ein Dings bitte… Nein nein, unmöglich, bei Hirn völlig unmöglich… Es geht einfach nicht… Ich kauf' kein Hirn… Soll er was anderes essen… Nierndln… Nierndln sind gut, hat er gesagt… Ich sag', Hirn war aus… Kein Hirn mehr, genau… Nierndln… *(Sie kommt an die Reihe.)*

DIE FRAU: Ich hätt' gern vier Nierndln.

HERR GERNOT *(mit gespieltem Erstaunen):* Um die Zeit? Ich bitt' Sie! Der Niki Lauda war um sieben schon da.

(Gelächter der Umstehenden)

DIE FRAU *(blickt in die Vitrine. Überlegend:)* Dann nehm' ich …

HERR GERNOT: Wie wär's mit einem Hirn?

DIE FRAU *(öffnet den Mund, um zu antworten, bemerkt die erwartungsvollen Blicke der Umstehenden, bricht in Tränen aus)*

(Vorhang)

Stammgastnadel

(Gastzimmer eines Hotels in einer österreichischen Tourismusgemeinde. Auf einer improvisierten Bühne der Hotelier, die rüstige Greisin Hildegard Rohwedde sowie die Musikformation Schweiger Buam.)

HOTELIER *(ins Publikum):* Liebe Freunde, heute ist ein besonderer Tag! Zum ersten Mal überreichen wir unsere Stammgastnadel nicht in Silber, nicht in Gold, sondern die diamantene Stammgastnadel für siebzigjährige Treue zu unserer schönen Ortschaft und unserem Haus, und zwar an Frau Hildegard Rohwedde aus Schafstedt in Schleswig-Holstein!

(Tusch. Applaus. Er überreicht die Stammgastnadel.)

HOTELIER *(zu Rohwedde):* Liebe Hildegard, erzähl uns ein bisschen. Wie bist du hierher gekommen, wie war das hier früher so?

ROHWEDDE *(glücklich):* Also, anfangs war ich ja noch mit den Eltern da, und schon da hat es mir hier sehr gut gefallen, darum bin ich auch später immer wieder gekommen. In den ersten Jahren war das ganz international, da kamen Engländer, Schweizer, auch Juden aus Wien. Das hat ja dann aufgehört unter deinem Großvater, da waren wir nur noch Deutsche und Ostmärker, nich, da war immer Stimmung, wir haben musiziert, getanzt. Einmal war sogar Himmler da, also das, ich muss sagen, das war schon großartig für ein junges Mädchen, mit Himmler zu tanzen, mit Himmler am selben Tisch –

HOTELIER *(nervös):* Und natürlich die herrliche Landschaft, unsere berühmte Gastfreundschaft…

ROHWEDDE: Großartig, ja, großartig, diese Berge! Das Essen war zwar nach'm Krieg 'n bisschen mickrig, aber ich will da gar nix gegen sagen. Dein Vater war ja noch sehr jung und unerfahren, als er das Hotel übernommen hat, nich, der musste ja da rein von einem Tag auf den anderen, als dein Großvater im Gefängnis war, und er hat das großartig –

HOTELIER *(noch nervöser):* Und seit siebzig Jahren hältst du uns nun die Treue, seit siebzig Jahren fühlst du dich hier wohl, und wir alle hoffen, dass du noch viele Jahre –

ROHWEDDE: Nun ja, also ich weiß nich, in letzter Zeit … Als ich dies Jahr hier reinkomme und finde die ganze Gaststube voll mit Russen … Dein Großvater hätte –

HOTELIER *(ins Publikum):* Danke, vielen Dank, liebe Hildegard! Applaus für Hildegard Rohwedde, die erste Trägerin unserer diamantenen Stammgastnadel!

(Applaus. Tusch. Die Schweiger Buam beginnen aufzuspielen.)

ROHWEDDE *(verwirrt):* Was, das war's schon? Für siebzig Jahre Treue? Unter deinem Großvater hätte es das nich gegeben!

(Vorhang)

Traurige Dialoge

1. AM WÖRTHERSEE

(Das Strandbad in Klagenfurt am späten Abend, menschenleer bis auf zwei Beachvolleyball-Nachwuchsspieler, die nebeneinander auf dem Steg sitzen. Sie tragen Wettkampfdressen, Kappen und dunkle Brillen. Lange Pause.)

DER ERSTE: Und? Wos gongen gestan bei da Jacqueline?

DER ZWEITE: Na.

DER ERSTE: Bei da Natalie aa nit?

DER ZWEITE: Schlekale.

DER ERSTE: Blosale aa?

DER ZWEITE: Lei Schlekale.

DER ERSTE: Schas.

DER ZWEITE: Jo.

(Lange Pause)

DER ERSTE *(schiebt sich die Brille in die Stirn und blickt sich um):* Is schon still uman See …

DER ZWEITE: Jo.

(Vorhang)

2. URBI ET ORBI

> *»Je schwächer dieser Pontifex wirkt, umso mehr fliegen ihm die Herzen zu – vor allem die der Jugend.«*
>
> *(Kronen Zeitung, 29. 3. 05)*

(Das Strandbad in Klagenfurt am Ostermontag 2005, menschenleer bis auf, am Ende des Steges, zwei Beachvolleyball-Nachwuchsspieler in Wettkampfdressen. Sie tragen dunkle Brillen und starren aufs Wasser. Nach einer langen Pause:)

DER ERSTE: Gsegn gestan im Feansehn den Popst? Urwi et orwi?

DER ZWEITE: Jo. Orm. Nix hot a daredet.

DER ERSTE: Sicher hot a daredet. Wonn ma den Feanseha gonz laut gedraht hot, hot ma ihn gheat, gonz leise. Urwitorwiurwitorwiurwitorwi …

DER ZWEITE: I hob nix gheat.

DER ERSTE: Wohl wohl. Urwitorwiurwitorwi, in ana Tour, urwitorwiurwitorwi … *(Er schließt die Augen.)* Urwitorwiurwitorwiurwitorwi …

DER ZWEITE: Beten und orbeiten, jojo.

DER ERSTE *(legt sich auf den Rücken. Mit geschlossenen Augen):* Urwitorwiurwitorwiurwitorwiurwitorwi …

DER ZWEITE: Jojo.

(Vorhang)

3. MINARDI

Das Strandbad in Klagenfurt am späten Abend, leer bis auf, am Ende des Steges, zwei Beachvolleyball-Nachwuchsspieler. Sie tragen Wettkampfdressen, Schirmkappen und dunkle Brillen.

DER ERSTE *(düster)*: Da Treibacher ...

DER ZWEITE: Wer?

DER ERSTE: Da Treibacher.

DER ZWEITE: Friesacher.

DER ERSTE: Friesacher, stimmt.

(Pause)

DER ERSTE *(düster)*: Da Friesacher ...

DER ZWEITE: Schas.

DER ERSTE: Jo. Fia die Seebühne hom se Göld, oba da Friesacher ... Millionen sahen den Kärnten-Schriftzug auf seinem Hölm.

DER ZWEITE: Ein enormer Schoden für das ganze Land.

DER ERSTE: Eh. Die Leit wean sogn, aha, is kein Göld do für die Formel ans, gut, fohre ich nicht mehr zum GTI-Treffen.

DER ZWEITE: Fohre ich nicht zum GTI-Treffen, spüle ich auch nicht mehr Golf.

DER ERSTE: Trinke ich holt keinen Prosecco, esse ich kein Prosciutto-Weckale.

DER ZWEITE: Body-Painting, mir wurscht.

DER ERSTE: Und zum Beachvolleyball wead bold aa kana mea kummen.

DER ZWEITE: No, no. Noch ist nicht oller Toge Obend. Kärnten hat viele Freunde.

DER ERSTE: Den Gaddafi.

DER ZWEITE: Auch ondere. Den aan, den – …

DER ERSTE: Waaß schon. Den Ding.

DER ZWEITE: Zum Beispül.

(Vorhang)

4. MEHRSPRACHIG

(Imbissbude vor dem Eingang zum Strandbad in Klagenfurt. Tief verschneite Landschaft. An der Theke der Imbissbude zwei Beachvolleyball-Nachwuchsspieler. Sie tragen Wettkampfdressen, Schirmkappen und dunkle Sonnenbrillen.)

DER ERSTE: Zwa Achtelen Rot.

WIRT: Rot hob i an Zweigl, an Kabanee-Sowinoo, von Italien aufe, an –

DER ZWEITE: Wurscht, tua her.

(Der Wirt schenkt zwei Gläser Rotwein ein und stellt sie vor die beiden hin. Sie trinken. Pause. Der Erste nimmt eine Tageszeitung und blättert darin, der Zweite blickt auf das Strandbad.)

DER ZWEITE *(traurig):* So vül Schnee …

DER ERSTE *(ohne von der Zeitung aufzusehen):* Da Korinek … Jetz wüll a, Bleiburg soll haaßn Pliberk.

DER ZWEITE: Und? Haaßt jo Eisenkoppl aa Tschelesna Kapla.

DER ERSTE: Eisenkoppl von mir aus. Oba Bleiburg haaßt nit Pliberk. Und wead aa nie. Hot ihn eh schon vaklogt, da Haida. Geht eh in Häfn.

DER ZWEITE *(blickt auf das Strandbad. Nach einer Pause):* So vül Schnee …

DER ERSTE *(hat ausgetrunken. Zum Wirt:)* Tua her noch aan.

WIRT: Kabanee?

DER ERSTE: Host an Boschelee aa?

WIRT: Sicher.

DER ERSTE: Aa von Italien?

WIRT: Sicher.

DER ERSTE: Tua her.

(Der Wirt schenkt ihm nach. Er trinkt und widmet sich wieder der Zeitung. Der Zweite blickt auf das Strandbad. Pause.)

DER ERSTE *(aus der Zeitung vorlesend):* Am Wochenende wieder heftige Schneefälle.

DER ZWEITE *(schüttelt resigniert den Kopf):* Bist du Moped!

(Vorhang)

Bohrende Fragen
Kriminalstück in drei Akten

Personen:
Stephan (Horst Tappert)
Harry (Fritz Wepper)

1. Akt

(Jetzt. Büro der Mordkommission in München. Stephan an seinem Schreibtisch, in Akten blätternd.
Pause.
Eine Tür zum Büro der Mordkommission in München wird geöffnet. Harry tritt ein.)

HARRY: Es läuft aus dem Ruder.

STEPHAN *(ohne aufzublicken):* Wer? Was?

HARRY: Es.

STEPHAN: Was tut es?

HARRY: Es läuft aus dem Ruder.

STEPHAN: Woraus läuft es?

HARRY: Aus dem Ruder.

STEPHAN: Aus wem?

HARRY: Dem Ruder.

(Stephan blickt von seinen Akten auf und starrt vor sich hin. Lange Pause.)

STEPHAN (*zu sich*): Verdammt.

(Vorhang)

2. Akt

(Jetzt. Büro der Mordkommission in Brüssel. Stephan an seinem Schreibtisch, in Akten blätternd.
Pause.
Eine Tür zum Büro der Mordkommission in Palermo wird geöffnet.
Harry tritt ein.
Das Folgende sehr laut.)

HARRY: Es läuft aus dem Ruder.

STEPHAN *(ohne aufzublicken):* Wer? Was?

HARRY: Es.

STEPHAN: Was tut es?

HARRY: Es läuft aus dem Ruder.

STEPHAN: Woraus läuft es?

HARRY: Aus dem Ruder.

STEPHAN: Aus wem?

HARRY: Dem Ruder.

(Stephan blickt von seinen Akten auf und starrt vor sich hin. Lange Pause.)

STEPHAN *(zu sich):* Verdammt. Sieht aus, als ob alles –

(Vorhang)

3. Akt

(Jetzt. Büro der Mordkommission in Washington D. C. Stephan an seinem Schreibtisch, in Akten blätternd.
Pause.
Eine Tür zum Büro der Mordkommission in Bagdad wird geöffnet. Harry tritt ein. Das Folgende brüllend laut.)

HARRY: Es läuft aus dem Ruder.

STEPHAN *(ohne aufzublicken):* Was?

HARRY: Es.

STEPHAN: Was?

HARRY: Es läuft aus dem Ruder.

STEPHAN: Was?

HARRY: Aus dem Ruder.

STEPHAN: Was?

HARRY: Dem Ruder.

(Stephan blickt von seinen Akten auf und starrt vor sich hin. Lange Pause.)

STEPHAN (*zu sich*): Verdammt. Sieht aus, als ob alles den Bach runterginge.

HARRY: Was?

(Vorhang)

Wenigstens 0:17

Remembering John Cage

Hier.

Jetzt.

Eine Bühne.

Der Vorhang ist offen.

Völlige Stille.

Siebzehn Sekunden.

Vorhang.

Erstdrucke

Der überwiegende Teil der hier gesammelten Dramolette ist zwischen Jänner 2002 und November 2006 in der Tageszeitung »Der Standard« erstmals erschienen.

Im »Falter« wurden »Am Radetzkyplatz (N/O)«, »Sonntagsprogramm«, »Matthias Horx kommt in Form« und »Der Witzwiederholer« erstabgedruckt,

in der »Presse« »Sieger spricht«, »Guido Tartarotti besucht seine Eltern«, »Lehrer im Alltag«, »Rudolf Burger beim Mittagessen« und »Moses Neu«,

in der Zeitschrift »Kolik« »Der neue Walser« und »Urbi et orbi«.

»Zeugen« wurde erstmals veröffentlicht in »manuskripte« 170/2005,

»Daham dahoam« im Programm der Salzburger Festspiele 2004,

»In Österreich (Hoffnungsloser Fall)« in der Osterausgabe 2006 der »taz«,

»100 Jahre Kleine Zeitung« in der »Kleinen Zeitung« vom 21.11.2004,

»Rechtschreibreform« im Posthofmagazin 10/2004,

»Rilke bei Fliege« in der Frankfurter Rundschau vom 2.10.2003,

»In Babylon« in der Anthologie *Kopf und Zahl*, Sonderzahl 2004,

»Applaus« im Programmheft zur Nestroy-Preisverleihung 2004,

„Hirnkauf« in »Was für Zeiten« 5/2006.

»Im Stiegenhaus«, »Tagebuch des Schreckens«, »Unschuldiger Vater«, »Alpenländisches Interview« und »Wenigstens 0.17« sind Erstveröffentlichungen.

Inhalt

Literaturverlag Droschl Graz – Wien 2007

Umschlaggestaltung: Tex Rubinowitz
Satz: AD
Druck: Finidr s. r. o.

ISBN: 978-3-85420-716-0

Literaturverlag Droschl Alberstraße 18 A-8010 Graz